摩天輪時光

黃春美

摩天輪時光

目次

輯二——摩天輪

輯三——時間河

輯四——臭皮囊

摩天輪時光

【推薦序】

你想要什麼樣的時間與房間？

——讀《摩天輪時光》

林黛嫚

都說詩是跳舞，散文是散步；或說詩如電光石火，散文如江流月照；又有鄭愁予說「菜單如詩歌」，余光中應答「帳目如散文」。散文正是文學之母，內容包羅廣闊，有其他文學類別的基本形式，研究散文理論的學者鄭明娳說：「在文學的發展史上，散文是一種極為特殊的文類，居於『文類之母』的地位，原始的詩歌、戲劇、小說，無不是以散行文字敘寫下來的。」也就是說，把小說、詩、戲劇等各具備完整要件的文類剔除之後，剩餘下來的文學作品的總稱，便是散文。這是指散文的文類由來，不是詩、小說、戲劇，便是散文。

至於散文的內容，有人認為要著眼日常小事、有人認為散文要有澀味、有說散文不可以過度雕刻、有說散文得要用平淡的話語包藏深刻的意味，或者以自我為中心，以閒適為格調，或者要求散文要「獨抒性靈」，也就是抒發作者性情的意思，這些說法有助於作者與讀者溝通。又有說許多精采的散文篇章，有一個共通而且被多數人所認同的特質，那就是散文必須是本於作家自己真實的生活、情緒、思想出發，不應該是虛構。這樣的說法沿用至今，只不過新世代創作者對於虛構有自己的定義，於是散文能否虛構的討論風風火火，許多創作者也身體力行，寫著虛構自己身分、性別、年齡甚至經歷的散文，這些變化固然因應時代，然論者多謂「題材可以部分虛構，但散文的情感不能虛構」，為散文的真實守住最後防線。

以上敘寫，作為談論黃春美作品的憑藉。春美曾寫道：「許是一個遙遠的記憶蠢蠢而蠕，許是眼前的感動漲滿秋池，於是寫，真心誠意地寫」，因而閱讀她的散文，無論寫人寫事，談往昔論今日，我們都可以理解是真心誠意。

春美的新作《摩天輪時光》創作風格大抵延續她的上一本散文集《踢銅罐仔的人》，敘寫家鄉風土及親族，雖是延續，細微處容有增益。本作分為四輯，輯一平原事、輯二摩天輪、輯三時間河、輯四臭皮囊。輯一「平原事」寫平原漸漸消失的竹圍文化，寫山川雨水菜園人情等，雖是日常，卻也不平常，比如住家附近種了念佛機的菜園，比如山下共作共食早餐的菜園。〈阿娥〉、〈正記〉乃稻埕裡的鄰居，文中有惆悵有溫馨，二位長者的過往也反映了一個時代背景。輯二「摩天輪」有兒時舊事，如〈紙娃娃〉、〈摩天輪時光〉、〈行過東螺圳〉等。有現今生活，如〈煩惱絲〉、〈同學會〉、〈二手書〉等等。輯三「時間河」主述親族及鄰居長輩的故事，每一個故事都有一個深深觸動內心的，或詼諧或衝突或感懷的元素。輯四「臭皮囊」，此輯多篇以醫事書寫為主，〈大疫時期〉、〈一家團圓〉寫疫情期間生活事，〈隔簾裡的病床〉及〈柑仔店藥局〉〈左腳踝之所見〉寫觀察所感。其他寫就醫經驗，檢查是次要，思維的敘寫才是主要。

綜合以上內容，本作彷彿新世紀的鄉居風貌，逝去的時光在春美筆下重現，栩栩如往日，同樣生氣勃勃。春美擅寫微物，生活細物原只是眼皮子底下經過，由她撿拾起爬梳一番，竟爾如一則寓言，為生活增添色彩，如〈滅蚊〉，對付真的蚊子得「持蚊拍揮動淨屋，驅魔灑聖水般，旮旯亦不疏忽」，而另一種貌似「閒適慢飛，忽而不見，旋又出現，狀似挑釁」的，這飛蚊該打不該打，惹人深思。還有那捲如多角獸的頭毛、記載她生命中的哀怨與嘆息；形容食道是「那條膚色隧道，岩壁光滑」，大腸小腸是「色澤水嫩，癱成懶洋洋的樣子」，為了六分鐘護一生，她感知自己是解剖枱上待解剖的青蛙……，廚房裡拿鍋鏟的手拿起筆來如此犀利。

春美寫人也有奇思，尋常百姓經她筆繪，小人物也有大傳奇。譬如于先生的登場頗有氣勢，比之精彩戲劇不遑多讓，菸酒雜貨舖的門口竟停了一部風琴，那長相俊帥斯文有禮的高大外省人彈起家鄉教唱小朋友的歌曲，進而牽起一段情緣，那便是春美的三姨丈；還有那小三嬸九歲的木匠三叔，平日沉默，人稱驚某，狂飲後卻常失態，翌日酒醒判若兩人，領了零用錢默默背工具袋上工，終究因醉酒奪了性命。此外二姨、二舅、表姐、大堂弟，每每短短數筆勾繪，卻彷彿如真躍然紙上，更令人讚嘆春美家的親戚真多！

春美的散文有一特色，結尾總是簡潔有力又留下餘韻，如〈爬山〉，一對令人猜測關係（父女、夫妻或戀人？）的山友，掠下一句「下回尾隨」，勾引讀者期待下回，或是尾隨；〈阿舅的菜園〉門口一排高筒雨鞋和選舉後拔來的竹竿，「十年也用不完」，預示著阿舅的菜園猶有綿長的榮景；〈八哥〉講外來種的八哥諸多惡行，最終一句「真希望夜市有攤商烤外來八哥來賣，清燉藥膳外來八哥湯也可以」，怨嗔寄付其中。

或許是心思細緻靈動，書中的春美對婚姻也有許多心思，那個母親，丈夫在發薪日總是喝得醉醺醺，薪水袋內只剩薄薄幾張鈔票，還完米店、菜販、雜貨店的賒賬，沒幾天又開始重新賒欠；那個小妹，遇到渣男，不斷致祭比死亡還沒有希望的婚姻……，用詩人余秀華〈離婚一周年〉的句子「喜歡把一件東西用到不能用。而婚姻是好多年前就不能用了卻偏偏用到如今的一個馬桶」，對照她母親所言「婚姻命中註定，勸和不勸離，打破人家姻緣七世窮」，更可以理解女人在傳統與當代之間的為難。

我與春美相交不久，卻是從文字中認識她。她文字中的關鍵字似乎是時間與房間，於是書中多的是對時間的懇求以及對房間的想望，當同是退休的朋儕說起退休生活如何打發，春美想著，「如果可以，把時間賣給我吧，五寸十寸都可以」。她喜愛寫作、閱讀，也享受為家人煮飯作菜的樂趣，但記掛的是獨處的時間越來越少，柴米油鹽擠壓了心靈與創作的空間。如同每個女人都需要自己的房間，即便是有夫有子有孫，有經濟能力的初老女人，心心念念的卻仍然是在自己的房間享受自己的時間。

你想要什麼樣的時間與房間？也許《摩天輪時光》能告訴你。

林黛嫚　小說家、散文家，曾任《中央日報副刊》主編、淡江大學中文系教授、中國婦女寫作協會理事長。著有小說《單獨的存在》、散文《彼身》等多本書籍。

【推薦語】

黃春美的作品，明確顯現對家鄉宜蘭的熱愛、對親人友朋的真情，樸實的文字透露出誠摯的心意，題材皆是她成長至今最熟悉的人事物景，沒有過度的修飾美化，平實接地氣、懷有真情義。書寫無花招反而成了能貼近讀者的高招，我很欣賞她這樣坦誠面對讀者的寫作態度。

——**阿盛**

我喜歡讀春美的散文，她總讓我想起大江健三郎的書名《靜靜的生活》。她寫蘭陽的雨、窗外的青楓，寫竹圍人家，菜園，水圳，寫貓，寫山，寫童年的紙娃娃、摩天輪，為小狗阿莫擦拭身上的水珠，為母親洗澡，都有種靜美的氛圍。即使寫非酒即賭的父親，小妹慘然的婚姻，經歷顛沛流離的姨丈，二姑與姑丈一對冤家，還有家族一干三姑六婆，甚至橫起心來滅蟻、打蟑螂、打蚊子，都還是溫柔地娓娓道來，沒有火氣，沒有怨懟。

春美幽默，但不是讓你捧腹的搞笑，是理解人生，那樣溫和的談笑。

在我編輯台上的歲月中，每一次讀到春美的散文，都像與老朋友促膝聊天，聽她說幽微的心事，日常的風景，恬淡而溫暖，雋永而令人低迴。

——宇文正

輯一——平原事

蘭陽雨

我鄉環山面海，地形像畚箕，容易捕風捉雨，尤其秋冬，十日九風雨。這幾年，溫室效應，氣候變遷，反聖嬰現象，東北季風來襲，天空更是破了個大洞，雨一落，日連夜，夜連日，沒完沒了。

雨日，常望向窗外，「苦啊～苦啊～」那是來自屋後灌木叢內白腹秧雞的叫聲。豪雨時，都躲起來了，偶也見單獨者，似徘徊又匆匆，大概是出來找食物填肚子，順便啣回去給家人吃。雨勢稍緩時，通常三五出來覓食，曾見二隻起衝突，互不相讓，你打我一下，我打你一下，煞是好看。

十幾年前開始鄉居生活，翌年，颱風登陸，拉下新鐵門，一窩鳥巢落地，不意絞死三隻麻雀幼雛，難過極了。擔心再發生意外，於是不定期清除，然清除後又築，再清除，再築。麻雀機巧，摸清畚箕地氣候脾性，為了一家人平安，棄枝葉濃密的山欖、老榕，執意落戶鐵捲門內。近幾年颱風都轉向，捲門蓋已長出一綹綹散亂的乾草來，想必內部戶數愈來愈多，居家坪數也愈來愈大。算了。再說吧。

而蟻巢實在無法輕易說算了。

屋外扶桑、野牽牛、木芙蓉，常見一群黑蟻在花蕊間攢動，碗公大的蟻巢就藏在濃密的樹葉裡，彼不犯我，和平共處。但，雨季來臨時，廚房後門旁磁磚隙縫一圓孔，螞蟻如泉水般湧出，長長的隊伍，或整齊或散亂，浩浩蕩蕩大遷徙。我心懷同情憐憫，但全數撲殺，實不得已也。

暴雨猛撲，休耕的稻田成了汪洋大海，屋後水圳如巨蟒翻騰，山下園子裡的菜苗，芥菜、紅鳳菜、高麗菜等等，一株也不留。雨歇，補栽種，不出兩日，雨來了，照樣。本地菜農的心血普遍付諸雨水，自家採摘的菜不夠塞牙縫，只好孵豆芽菜，改吃馬鈴薯、洋蔥等根莖類食物。然餐桌上無綠色菜葉類，幾乎少了悅目的「色」，不出三天，終究提起菜籃，菜攤揀幾把貴死人的南部菜，菠菜、青江菜、空心菜，又肥又綠，一個蟲洞也找不到。

坐困雨林迷宮如我，幾十天了還找不到出口。闖出雨林者，逕往高雄、台南奔去。少不得IG臉書發布即時動態「出雪隧就沒雨了」。然後，秀出波光嶙峋的沙灘照，這樣做還不滿足，LINE加強炫耀「這裡有太陽耶。」「要不要來？」

有時耐不住膩煩，望天叨念：到底要下到什麼時候？我母若聽聞，就勸，下雨不出門就好，如此說話對天公伯無禮。然後說起冬山河截彎取直前，下大雨，屋內很快就淹水，還說有人娶妻那天，雨直直落，家裡進水了，怕豬被淹死，只好把豬趕到新娘房床上。現在，落一二個月也不會淹水，要感謝天公伯，也要感謝老縣長才是。阿母雖如是說，閩南語氣象播報時，仍是定定聆聽明日降雨機率多少，然後，皺眉苦笑。

童年時，家裡淹水記憶猶深，彼時只覺得水漫進屋裡，然後一寸寸升高，我和妹妹追趕長了腳的椅凳鍋盆，只覺得好玩，直到有一次，水淹進床上，我才懂得害怕。關於「豬仔鬧洞房」，倒教我想起作家簡媜，《月娘照眠床》一書裡提到童年大水時，豬寮裡的豬仔，尖銳的叫聲像刺刀，雞仔驚飛到更高的地方，連肥重的鴨子，也會拍翅膀，設法保護自己。只有無助的豬仔，掙扎在生死縫隙間，頂撞著木欄，尖鼻立在水面上，水像黑壓壓的一群厲鬼，狠毒地灌牠的鼻，一聲悽慘吶喊之後，豬仔濃濁慘烈的嘆息聲漸漸低沉，……

並不全為了現實生活中出門不便而哼唉，雨日，正好專心在家讀書寫字或發懶睡個長覺，然而，枝枝節節的日子裡，牆壁桌椅窗簾都要擰出水來，在發霉的青苔味中，說不出是什麼樣的心情，悶悶緩緩，莫名惆悵著，有次見一隻麻雀從灰黑雨林中竄出，奮力振翅，愈飛愈低，淒清心緒，更是沉落。雨再不停，我恐要孵出病來了。

望雨興嘆，絮叨又起：不勞田調，估計全台除濕機雨傘銷路宜蘭最好，耳鼻喉科診所密度宜蘭最高。

兒子女兒妹婿女婿外孫內孫全都鼻子過敏，鼻塞噴嚏也就罷了，可憐小孫鼻黏膜薄，過敏發作，癢就摳，摳重了，鼻血滴滴落，也曾一個噴嚏就噴出鼻血，血滴子般。明知就醫治標，不得不還是就醫，醫生也無奈，說搬到南部就好了。最可憐的是毛小孩阿咪，體質也過敏，每到秋冬，異位性皮膚炎來犯，不停地搔抓、舔舐、磨蹭，肚皮舔得光禿禿，耳朵、眉骨蹭出一粒粒小紅疹，打針吃藥後一段時日又犯，醫生說，異位性皮膚炎只能控制，無法斷根，每年秋冬季節會反覆發生，我問了耳鼻喉科醫師說過的話：是否搬到南部，阿咪過敏自然不藥而癒。是的，這樣就不易復發。那日我突然想起一老同事，大學時，台南宜蘭姻緣一線牽，每到秋冬時節，邊擤鼻涕邊立願總有一天要搬回台南，如今都當阿嬤的年紀了還困在畚箕地。

過去任教職，新生入學時，班上一個小男生適應不良，連著十幾天抽抽噎噎，有一回，邊哭邊說自己也想停下來不哭，可是不知道為什麼就是停不下來，說完，哭得更厲害了。平原的雨是小男孩的眼淚，但總有擦乾眼淚，露出笑容的時候。一如某天清早，雲開見日，左鄰右舍見面互道「出日了」「出日了」，然後忙晒衣晒被，我與阿母則到公園晒背晒心情。那日迎面而來幾個阿公說說笑笑：「等幾百年，總算看到日頭了。」「南部欠水，這裡的雨下一些到南部去就好。」「是啊，天公伯若把南部的日頭再分一些過來，不知有多好。」

好雨好陽光不但知時節，還要通有無互援引，阿公們多美麗的夢幻啊。我不禁想起前年十月十一月，宜蘭累計雨量全國居冠，還造成落石坍方，臉書打開，處處苦雨作樂，A說「一年三百六十五天，宜蘭大概有三百天在下雨。」B說「連下二十九天了，一秒都沒停過，地都下塌了。」「……」我鄉落水，誰雨爭鋒，基隆的「雨都」之稱該拱手讓出。

一日興來取書，發現書房臨近大窗的書櫃木頭受潮，十幾本書書脊水漬深淺不一，書口長滿黑墨墨的菌絲，酒精一一擦拭，奈何汙漬擴散滲入毛細孔，書已不成書，心一狠，全丟進回收桶，好吧，也來發文「問世間晴為何物，直叫人發霉長菇」。

衣服晾上三五天恐還是潮膩膩，幸有除濕機幫忙，收下時，暖烘烘的。不由得想起小時候，溼答答的日子裡，白天房間外走道、廚房飯桌上衣褲、尿布到處晾掛，待傍晚，祖母就燒一盆炭，蓋上雞籠子，一件件輪流披晾烘烤。炭火一點一滴吸走纖維裡的濕氣，也緩緩注入一股股的溫熱，天冷時，我最喜歡把凍僵的手摀在上面，和衣服一起烘暖。

一場又一場的雨，雨出家家戶戶的簡易「除濕機」，也雨出本鄉特殊的行車文化。學生族騎腳踏車時，揹著書包，一手握龍頭，一手撐傘，自自在在。你若說這樣很危險，問怎不穿雨衣，得到的回覆大概是「又不是小朋友，幹嘛穿雨衣。」「習慣了。」機車族，則加裝擋風鏡，中央方框玻璃前還有變速小雨刷。還有，家家戶戶通常有八字型晒衣架，好把衣物撐開，娘家至今仍使用，那是爸爸年輕時親手摺的。

青楓之歌

書房落地窗外有棵青楓，十幾年前栽種時，約莫我高，現在已達二個樓層了。多年來，我興起就站在書房固定位置，襯以青綠、金黃稻田，或休耕時的汪汪水澤，為他留下統一格式，不同背景的不同容顏。

日子重複，照片也不斷重複，某日拍下照片，比對過往，突然想起有對中國父女，從女兒二三歲起，每年都在同一地點留下合影，四十幾年後，照片中多了二個小孫女。這些照片，彷彿縮時的光陰之旅，令人動容的父愛中不免感傷歲月如逝水。慶幸植物的時間以象限輪迴進行，替換裝扮有時，而青楓無論綠意盎然，紅葉滿天，或顏色褪盡，四時都是姿態。

五六年前春節，我買了一盆石斛蘭，花香淡雅，枯萎後掛在青楓枝幹，此後莖條一年比一年粗大，花朵更是騰騰冒出。同事來，看石斛蘭長得極好，說是她家後窗陽光不進來，蝴蝶蘭瘦小，之後送來黃、白各一盆請青楓收養。爾後，鄰居在選舉後又出送二盆，我都代替青楓點頭，一盆盆牢掛樹杈處。

某日，載母親來家裡吃飯，她一下車，望向青楓樹身花顏繽紛美燦，讚歎蘭花開得漂亮，豈知，話鋒一轉，說青楓禿盡可能是養分全被蘭花吸光，要我把蘭花全拆下來，我聽完大笑，心想，母親太有想像力了，也忘了青楓入冬後的樣態，於是仔細說明蘭花需要遮蔭，只是借住樹身，自己會吸取陽光和水分，很有骨氣的，絕不是啃老族。母親點頭，卻說，這棵樹這麼美，不能讓他死，死了可惜。

年後不久，光禿的樹梢終於冒出尖尖的芽苞，裡頭裹藏的嫩葉和小花一夜之間雙雙開裂抽長，新葉由紅轉嫩青，儀式般昭告世人「春天來了。」我不忘請母親快來看看枯枝上的新葉。她一臉驚喜：「啊，真正發穎了，這欉樹真婧。」

又沒幾天，淡黃的小花就結出像一對翅膀的果實，當果實成熟時，竹蜻蜓般隨風旋轉而下，落地，不久又長出新苗。枯葉曾是他母體的一部分，他們一起迎接陽光和雨水，一方慢慢化作春泥滋養一方的生命，一方則以茁壯優雅回報，我深深感受到自然律消長中的和諧與美好，於是，把幼苗一棵棵挖出，重新種在小盆子裡，一盆一盆一排一排，排成一個棋盤大小的「百子圖」，又幻想，如果我有一甲地，或許可以學吳晟老師種樹，讓青楓子孫滿堂成一片森林。

四、五月時，青楓的樹冠一如往常，繁茂如蓋可遮簷，恰恰阻擋了面北窗外的強光。我最喜歡這季節佇立在綠盈盈的窗前，聽啾啾鳥鳴，看風移影動。孫女猶是襁褓時期，有幾回哭個不停，媳婦就抱她坐在書房窗外台階。樹下吹風，說話，唱歌。孩子不哭了，靜靜看著樹，一看看好久。媳婦拿出手機，拍下胖嘟嘟的萌樣，笑說她在思考人生的方向。

樹木有情，氣候暖化後，青楓是否也在思考自己的人生？

祖母生前常說「九月秋，曝死鰗鰡」，聽起來秋陽和夏日同等潑辣，自古迄今顯然是常態，然而深秋冷氣團來襲，氣溫驟降，楓葉依時序轉紅，蕭孋珠唱在七五年那高亢的〈楓紅層層〉，七九年劉家昌的成名曲〈秋詩篇篇〉，愛情之外，都分別以楓紅描摹了秋的浪漫。直到我遷居鄉下，秋冬時節，青楓依然醉了酒般，回我以一樹殷紅。然而，這幾年入冬後，青楓枝頭的陽橙色來不及轉紅就萎落，落葉厚積亂飛，孫女幼兒園放學回家時，踩在軟墊上沙沙沙，找尋她覺得顏色最漂亮的一片送我，說愛我。而我，則找了一片經鳥啄蟲咬的葉片，依序指著五個洞洞說，這片代表「阿嬤好愛你」。她說：我愛你比較多，又說，愛到一〇一大樓那麼高。愛是可以比較可以丈量的，我笑回，我愛你愛到外太空……

季節更迭，無論窗前枝葉青綠或疏落光禿，又或天空陰灰大雨滂沱，我在電腦前疲累渾沌時，便走到窗前，望著青楓，什麼也不想，有時走出門，仰望樹頂，摸摸樹身，看眾蘭花的氣根往上往下延展，有的已然嵌進樹幹，靜脈般與樹合為一體。石斛蘭花朵年年如煙火綻放，又似飛流直下，美得教我忍不住按下快門，到處示人。有次，去將就居時，秀給盛師看，不意他也擔心起青楓養分被蘭花吸取。想起曾笑話母親的疑慮，也想起石斛蘭掛的那截樹杈，當年枝幹披垂，鋸掉時，皮肉看似健康，但已枯腐，莫非蘭花啃老？

「可是，很多大樹不都有蘭花附生？」「那要看這棵樹是否夠強壯。」

竹圍人家

年前外出快走，過鄰家，農路右後方唯一的竹圍叢竟然不見了，一條龍五開間老房舍後壁與我隔田對望，後腦勺剃光頭髮似的，寒風中尤顯颼涼。蘭陽平原環山面海，地形如畚箕，入秋後長達半年的東北季風或颱風來襲時，「長枝仔」葉大，枝幹高聳，抗彎性佳，加上竹子都是叢生，密密實實，可抵狂風擋暴雨，護衛房舍兼消暑，為什麼要砍除呢？

連著幾個冷氣團來襲，再度出門已是一個多月後了。走著走著，猛然發覺那一條龍也不見了，深深惋惜中，快步前行，來到夷平的殘磚破瓦前。遼闊的視野中，徒增幾分荒涼，也想起十幾年前，剛搬來時，住戶少，自來水公司礙於成本考量，未埋管線，我們不考慮抽取地下水，只好向這戶人家商量接水管，水費另付，沒想到農婦很阿莎力就答應了，只說，都是鄰居，互相幫忙應該的，幾年後，雖自來水公司來埋水管，我們各自分支，但這分情，我永遠銘感於內。

農路小徑可以快走慢跑，經過這戶人家時，若遇矮牆牆面、柏油路面，有粉筆畫人、房子和飛機汽車等圖樣，我常駐足欣賞其樸拙可愛的筆觸、構圖、比例、想像等等。也喜歡往人家埕仔裡瞧，屋簷下晾晒的衣物，開放式鞋櫃那幾款鞋，普通日常，卻模擬出一個家庭成員結構。第二層鞋櫃總是塞了三顆球，有籃球有躲避球，也常見小孩和爸爸傍晚在稻埕上打球，好一幅美麗可愛的農家圖。

矮牆內有幾畦菜圃，夏天，牆外一側棚架下垂著一條條綠盈盈的絲瓜，地面爬著大小南瓜，四時各有作物。牆下太陽花紅豔豔白淨淨的，蔓延在柏油路上，剛搬來時，有一回忍不住停下來欣賞拍照，農婦發現，走過來說，不嫌棄就摘回家種，於是我道謝，採了一大把，她還強調隨時可以來摘。

過去農村處處散落著ㄇ或口字形的「竹圍仔」，由於高聳蓊鬱，包覆屋厝，遠遠望去彷彿一座座綠色「護城牆」，此牆，防風擋雨護衛房舍之外，據老一輩的說，早年更具防盜禦敵之功能。畫家藍蔭鼎筆下的〈竹隙晨光〉〈竹報平安〉〈竹林春色〉等等都呈現了家鄉獨特的竹圍仔景致，他生前遺作〈竹林人家〉，畫的正是他一生最懷念的兒時出生地——羅東阿束社。對照今昔平原地景變遷，昔日畫家筆下的景，可以說是今日的「史」了。

我童年時，常在竹叢下玩泥巴，以竹葉摺公雞和螳螂，學校防空演習時，老師帶我們躲在竹叢下，夏日午後，亦常見農夫蹲坐其下打盹，牛隻在一旁納涼。凡此種種，曾是我生活中的一部分，然隨著經濟發展，居住習慣改變，加上雪隧通車，颳起房地產買賣熱潮，「竹圍仔」一處處消失，稻田長出一戶戶新農舍，這幾年開車行經鄉間，一旦瞧見命運不定的珍稀竹圍仔，總要放慢車速多望幾眼。

他們也要蓋農舍嗎？見面再來恭喜吧。每回經過便如此揣想，不意下午農婦從竹圍夷平處斜前方菜園迎面而來。互道好久不見。要蓋新房嗎？「唉，不是啦，地主把地賣給建商，補貼我們一些，現在在外租屋，實在很不習慣。」又搖頭長嘆，說沒辦法，然後手一指，說建商會在這間厝旁邊的稻田闢出一條路供住戶出入……

「這間厝」就在消失的「竹圍仔」旁，約一千坪，穿越大片稻田，屋前屋後是農路，我沒見過屋主，聽說住台北，假日才過來。

餵貓的女人

閒置多年的廠房圍牆外農路，是我經常快走慢跑必經之處。

早上八點或下午四點半左右經過，往往，前方遠處就會出現一騎機車的女人。當機車引擎聲愈來愈近，牆內雜樹叢裡八九隻貓咪，迅速跳到圍牆上。女人停好車，一一數算，若發現未全員到齊，「喵喵」「喵喵」一呼，落單的隨即跳上來。

她拾起置放牆根下溝沿的五六個空餐盒，鋪排地上，再取下車籃裡的飼料和肉泥，一一放進餐盒，然後一腳停在溝渠外側，另一腳跨過水溝，搭在牆壁上，俐落地把兩腳站成九十度。她先把餐盒擺在黑貓旁，說那隻是媽媽，最兇最貪吃，無論如何得讓她先吃。

女人初次向我提起時，我深感納悶，她見我懷疑，於是把備好的餐盒先給其他貓咪，這時，黑貓隨即拱背，弓身，全身炸毛，露牙低吼，狠瞪靠近食物的貓咪們，而這些貓咪見狀好似知曉「有酒食老大饌」的道理，不敢妄為，然而，黑貓樣態依然如惡煞，我看了也害怕。女人為免引起禍端，趕緊把餐盒取走，移到黑貓前。安頓好黑貓之後，再把其他餐盒置放牆上，讓貓咪們來進食。

有一次，那女人問我，其中一隻橘貓不到二歲，最乖，要不要帶回家養。我觀察過每隻貓，雖不似黑貓兇惡，然個個鬼祟，散發出防衛性強又帶點野性的氣息，確實唯獨橘貓最是溫馴，連叫聲都柔和，從來不搶吃，說她溫良恭讓，一點也不誇張。只是家裡已有一隻橘貓，老來免疫力漸差，皮膚經常過敏破皮，頻頻看醫生，況且，孫女測試過敏原，貓毛是其一，不宜再養第二隻了。我婉拒後，她仍希望我收養，說真正過敏原是唾液，不是貓毛。

近期遇到女人時，又談起橘貓，也談起打電話請防疫所來抓貓去結紮，最後談起入秋了，頭部怕吹風，一吹風就痛，原來前年腦瘤開刀，說是秋冬濕冷出來餵貓最麻煩，安全帽裡面還要戴一頂漁夫帽防寒，為此，她先生總要碎念她很久。

聽她這麼說，既疼惜也羞愧，就是沒有勇氣說，沒關係，我來餵。

女生宿舍

廠房後方最右邊的二層樓宿舍藍漆斑駁脫落，女兒牆幾塊花格磚破損了，但晾晒的那一二桿衣物，為近四千坪如廢墟般的建物增添幾許生氣。

有幾次傍晚散步經過，〈少女的祈禱〉自遠處傳來，鐵門內就會往外丟出一大包垃圾，待音樂近了，門開啟，三五個越南籍女孩一起出來倒垃圾。也有幾次，女孩們翻過二公尺高的鐵門，再跳下來等垃圾車，臉上露出帶有成就感又得意的笑容。

她們倒完垃圾後有時在農路上嘻哈追逐打鬧，有時就跟著我們一起散步。逢初夏稻田收割時，偶也張開雙手，在田埂上走平衡。這時節，圍牆內的青芒果纍纍掛樹頭，爬出牆外，某日，一女孩負責拿長竹竿捅，其他五六個忙撿拾裝進水桶。問起這樣能吃嗎？說家裡都拿來醃製，很好吃，想必是在異鄉複製母親的家常點心，以慰藉遊子的心和胃。

後來，晒衣竿一直空蕩蕩的，〈少女的祈禱〉音樂近了，未見垃圾包丟出。有時夜晚散步經過，圍牆內暗沉沉。我努力望穿那幾扇門窗，昏黃的路燈下，加上我的手電筒照射，半透明的窗內猶見布簾束成倒三角形，有時樹影隨風飄移，鬼魅般，令人發寒，某次，忽然想起高職暑假時，在板橋一家紡織廠打工時住的宿舍。

宿舍在四樓，一名輪三班制的女孩，有一天上完中班，深夜十二點多洗衣服時，說浴室窗外一名長髮女生，一直看著她，從此瘋言瘋語，舉止異常，無法繼續工作，家人只好從南部北上帶她回家，爾後那張床沒人敢睡，直到我應徵，不知情，睡了一個暑假，離職日，同寢室的姐姐才告知。

近半世紀了，那飄到四樓窗外的女鬼，早已從記憶中散去，而今，每次夜晚經過，那女鬼在我心中就重新活了過來。我也常想起彼時輪三班制，紡織機間來回走動也會睡著，日日數算離回家的日子還有幾天，也曾數著數著，就濕了眼睛。想必這些成衣廠的移工，鄉愁又更濃了。

後方圍牆內從遠遠那端貓窩直到這一端宿舍，中段一排平房幾塊玻璃已破損，圍牆裂縫長出高高的榕樹，廠房彷彿埋在草木之中。好奇六千多坪土地的成衣廠前門成何模樣，某日出門刻意繞過。望去，倒是開闊乾淨舒暢，警衛室牆壁則拉出大幅紅布的廠房出租廣告。

曾是縣內最大的成衣產業應是完全外移了，想必工廠裡的幹部們也跟著南征北討，就像越籍女孩，過著離鄉背井的勞動生活。

一朵蓮花

農路溝渠旁，新建社區屋後，近四百坪新拓墾的幾畦菜圃排列整齊，間距一致，拿尺量過似的，主人料是社區某新住戶。

日前，慢跑經過，潺潺水聲中，不見人，卻聞人語響。好奇，越溝，紅鳳菜、白花菜、A菜、蔥薑蘿蔔等時菜七八種。循聲來到高麗菜畦，擋泥板旁一朵直徑約二十公分的桃紅蓮花正飄送「南無觀世音菩薩」佛號，蹲下來仔細瞧，原來是太陽能佛經播放機。

自此，每次經過，都忍不住駐足，一則欣賞日漸茁壯的各類菜蔬，再則好奇現下播放什麼。「蓮花」內容多元，有時大悲咒，有時南無阿彌陀佛念誦，有時是法師誦讀經文，料是黎明即起，連續循環，日落而息。聽聞佛經念誦老想起喪家為亡者誦經回向，聞法師講道，頗能感受其法語莊嚴清淨與慈悲的教誨。然而，人才需靈糧，菜蔬何需？

真希望主人現身解惑。

曾聽一退休國中音樂老師說過，她讀初中時，學校組成一支小型樂團，除對外比賽，也常去勞軍表演。成立之初，有一天老師要她們帶上樂器，沒說去哪，一行人往田間小路去，來到一戶農家豬舍，老師要大家站在豬舍前，為豬群演奏。有人說很臭，有人問為什麼要演奏給豬聽，老師都沒回答，只管要她們演奏，豬在巴哈、海頓、莫札特等樂曲下齁齁亂叫，就這樣，她們天天臭著臉到豬舍前演奏，老師依然不說為什麼。然而，不到一個月，豬漸漸安靜了，這時老師才說，豬也喜歡好聽的音樂，這代表大家進步了。

知名大提琴家張正傑也曾在一場活動裡給豬拉琴，為玉米和蒲瓜演奏。然菜農皆知，菠菜、芥菜、蘿蔔等因雨水土地的潤護而一暝大一寸，我家院子裡十幾個盆栽，勤澆水拔草，則展其歡愉之姿，任其荒廢，便顯被棄之頹，我相信草木有情有靈，你投注了愛與關懷，他們就以碩美回報。然而，為什麼給眾菜蔬講道聽佛經？求其更加豐美嗎？再瞧，此區菜蔬翠綠有之，肥嫩有之，小蝸牛漫遊葉片有之，與他處的園子無異。

今年聖誕節我也給母親買了一部播放機，正紅色，一條乳酪蛋糕大小，另附一本分門別類播放編號，像是卡拉ＯＫ歌本的小本子，有國台語聖經、福音演講、詩歌等等，與菜園的播放機大致異曲同工。有一回，母親聽完上帝利用七天創造天地萬物，我和母親談起「蓮花」疑惑，她說，可能給菜蟲聽吧，菜蟲聽了就不會偷吃菜葉。我搖頭笑說，你剛聽完聖經還是要吃飯，菜園裡大頭菜的菜葉坑坑洞洞就是菜蟲吃的，他們聽再多部佛經，基本民生問題還是要解決，倒是該給壟斷市場、啃食菜農心血的「菜蟲」聽經聞道才有意義。

某日路過，又發現菜園右側圍牆旁，木瓜樹下新置的蓮花播放機正唱誦心經。我看著結實壯碩的簇簇青木瓜，突然想起一首兒歌：「木瓜樹木瓜果，木瓜長得像人頭，樹下小狗在看守，……」那朵蓮花姿態像是隻仰首的小狗，緊緊盯守著高聳的瓜果。莫非這兩部播放機乃為斷除偷菜盜果者之念頭而置？

先生的菜園在仁山山下，大疫時期，人人恐慌得不敢上市場買菜，菜經常被偷拔，疫情平緩後，菜園也恢復榮景，不意去年夏天山豬野猴發現這塊躲在竹叢後的菜園，小黃瓜和絲瓜還沒進入成熟期，就被猴兒先採收了，地瓜葉則每每被山豬翻攪得垃圾堆似的，說不定蓮花播放器的法師開示能給豬猴起教化作用。

菜園裡兩朵蓮花相距約十公尺，那邊法師講道，這邊誦經，無相互干擾之虞。一時心起，這朵蓮花若改唱「哈利路亞」，講聖經，偌大園子裡有基督有佛陀，平安又圓滿也是不錯。

某日與幾位好友餐聚，說起菜園聽佛經奇妙事，朋友半玩笑說，不知這些菜領受到什麼，倒希望這些吸收了法師智慧的菜，鮮美脆嫩，人們吃了後，淨化人心，家庭美滿，社會和諧，天下太平。眾人聞之，笑聲中，拍手叫好。

緣分到了。這日午後，陽光大好，我外出慢跑，經過菜園，一中年男士正在菜園除草，本村新住民的生疏背影。我捕獲獵物般欣喜，趕緊跳過溝渠，詢問積累許久疑惑事。原來是給無形眾生佈施，還說周圍四十里幽冥界都喜歡，聽了得利益，也是種下功德等等。

從聖經觀點來看，靈界事物是存在的，這麼想的那一剎，眼下一隻蝴蝶從油菜花上振翅飛起，彷彿是好兄弟的化身，飛過我身旁，說：「這樣知道了吧。」

阿舅の菜園

阿舅和阿妗老來常去仁山山下走動，看著那自家三百多坪土地長滿了草，深感拋荒浪費，於是找怪手整地作畦，並邀外甥媳肅君姐和幾位山友一起來種菜，先生是其一。山友跟著肅君姐喊他們「阿舅」、「阿妗」，來拔菜的山客也都跟著喊。

阿舅提供肥料，每人認領二畦或三畦，依節氣各自買菜苗或菜籽栽種。他憑著自家後院種菜多年經驗，適時分享許多鋩角，比如什麼節氣種什麼菜、各種菜苗播種的不同間距、菜苗成長期如何施肥等等。其間，一起種菜的山友，誰做事馬虎，草拔不乾淨，他也都直指，誰的妻子不下園子幫忙，他也會在背後碎念懶惰。他認為，草吃肥料愈長愈旺，每天都要巡視，一根都不容忽視，順便抓蟲。

不多久，菜園入口處豎起ＰＶＣ膜輸出的「阿舅の菜園」幾個藍色大字，在陽光下閃耀著快樂的光芒。

播種、發芽、蔬苗，每天澆水與關注，大家看著菜苗一暝大一寸，菜蔬繽紛，心情爽快，於是版圖愈來愈大。採摘後分贈親友，或叫山客直接到菜園採。去年白露後多了外觀比小白菜粗大，口感類似小白菜的「蜜雪兒」，初以為山友亂取菜名，不倫不類，後來才知是交配新品種，真有其名。

有些爬藤類如茄子、長豆、絲瓜等等要架枝牽引，他們總在選舉結束後搶收旗幟，旗拆下，平鋪菜園空地，防雜草叢生，竹竿拿來當支架。而完整旗幟插在菜園，總統副總統立委各政黨候選人幫忙驅鳥，效果亦佳，唯山羌、猴子、山豬天不怕地不怕。今年的小黃瓜多數未成熟，山羌和猴子就先行採收，我們吃的是羌和猴吃剩的。地瓜葉畦多次一片狼藉，根莖從地底被扯出，幾塊地瓜殘骸的齒痕，證實肇事者是山豬。

當日採的菜蔬，阿妗得閒就幫大家揀洗。如果直接拿回家，往往夾了泥土，有些還爬著小蝸牛，跳出小蚱蜢，我最怕藏了蚯蚓。蔬菜洗淨後，不論氽燙，涼拌或熱炒都美味。然而，主婦也是有苦惱的，比如，匏仔盛產時，今天匏仔排骨湯，明天蒸匏仔，後天煮匏仔粥，再則切片晒成匏仔乾冷凍。豈止是匏仔，還有吃到膩的韭菜和大黃瓜，我勸先生別種那麼多，然而，數大是他的天堂，他仍是要種。

蘭陽冬日多雨，園子裡的菜往往在生死交關下努力掙扎。新植的菜苗，若遭暴雨猛撲，一株也不留。雨歇，補栽。不出兩日，又雨，心血往往付諸流水。長長的雨季，採摘的菜不夠塞牙縫，這時，阿妗就會孵豆芽菜分送大家。

肅君姐在菜園裡雖沉默，但最熱心，她的菜畦照顧得極好，草拔得最乾淨，自己忙完，閒不住又去幫別人。見大家四體勞作，常自掏腰包買燒餅、包子和豆漿慰勞大家。漸漸地，女人們開始埋鍋造飯，行動爐、鍋碗筷、關廟麵等，一樣樣帶到菜園裡。就這樣，有時，甲買，乙也買，而丙可能覺得不好意思，說明天他買，同時，為不失公平，有人製作早餐輪值表。阿舅認為該有個地方放炊煮用具，於是搭了鐵皮棚架，肅君姐一看，覺得似乎少了什麼，於是找人從自家公司吊來一座貨櫃屋，還裝上鐵捲門。

屋外設水槽，引自地下水。屋內左側放置瓦斯、櫥櫃，小方桌上有茶杯碗盤，上頭掛著一塊白板，記錄公款收支明細。蒜頭油鹽醬醋酒茶葉餅乾瓜果咖啡包等等，尋常人家的廚房裡該有的都具備了。還有幾箱金雞酒，是阿舅特地載來的。

菜園裡的人情就如千金嫂悶煮的那一鍋粥，綿密黏稠，彷若一家人。

年初三阿舅在菜園發紅包，一人二百，不分男女老少，識與不識，見者有分。而這天我的大姑小姑回娘家，忙，無法上山，他就託先生幫我帶回一份。清明過後，阿舅生日，肅君姐為他慶生，種菜的幾名山友亦受邀，席開二桌，阿舅歡欣。不久，他回請。又一段時間，山友集資，再次回請。農曆七月拜好兄弟，菜園亦隨俗，大家各自準備祭物，祭拜後一起到餐廳飲酒同歡。歲末阿舅請大家吃尾牙。年後又喝春酒。如此往來，一年開懷餐聚至少有六次。

還有。誰家婚喪喜慶，除相互「陪對」，都親自參加。誰當了廟宇主委，依行情「寄付」。年節，阿妗蒸粽子、蘿蔔糕分送大家。農曆年前，大家相互送禮，有人帶花生糖，有人帶膽肝、香腸、臘肉。千金嫂自家養的肥土雞殺好後一人一隻。曾是廚師的阿松，總會在家做好幾塊大尺寸披薩般的糟餅，分切後，送給大家，這種傳統道地的手工菜，裡頭有冬瓜條、桔餅，我總是等不及除夕，一餐又一餐，切菱形方塊油炸一大盤金黃，請母親過來共食。

歲月去來，忽焉十幾載，菜園裡的男人照樣日日腳套雨鞋，下園理荒穢，不知何時，一個個陸續身束護腰，女人們則因膝蓋疼痛常常在家休息。阿舅今年九十了，女兒不放心，天天陪著到菜園。而阿妗雖無法到菜園了，依舊三五天就準備吃的讓他們帶去。千金兄數度進出醫院，本來就瘦，現在骨架上只剩幾束乾癟的肉貼著，到菜園裡也只是坐坐看看。

有一天，肅君姐在菜園流著淚告訴大家，她不能再來菜園了，說是孩子不放心她年紀大了，日日清早從羅東騎機車過來，還說他們已經失去爸爸，不能再失去媽媽。孩子力勸之下，她只好清早在家讀佛經，卻仍是一星期來一次，每回都買了簡單吃食慰勞大家，有時也送肥料來。她，依然閒不住，一畦一畦觀看有無雜草，無一株躲過她眼目。

後來，有兩對夫妻加入菜園，早餐吃肉飲酒，燉煮隨興。

我平日以自己的步調爬山，偶爾「插花」去菜園看大家拔菜澆水。耐不住農事勞累之故，寧可在電腦前敲一天鍵盤，也不想在菜園裡拔草翻土，被蚊蟲叮咬。經常聽先生談這說那，如今竟有種傷感，唯菜園人情往來依舊如千金嫂那鍋粥。

日前獨自上山，下山後走訪菜園，大寒剛過，菜園一番熱鬧景象，紅鳳菜、菠菜、蔥、蒜、茼蒿欣欣向榮，支架上爬著小番茄，挺可愛的。「阿舅の菜園」ＰＶＣ膜改貼在屋棚鐵柱上，壓克力板可能被風吹走了，貨櫃屋鐵捲門上貼著春聯，掛了日曆和月曆，地上一排高筒雨鞋，雨鞋旁一捆又一捆選舉後拔來的竹竿，估計再十年也用不完。

菜園裡的早餐

通常我還在掏夢時，先生和幾名山友已一起上山，拉筋伸展，再一起下山到菜園勞作，然後一起吃早餐。

棚架下桌椅是外燴辦桌的大紅圓桌和方形塑膠椅，擺設簡樸，然大家輪煮的吃食大致豐美奇特。千金嫂慣習熬白粥，滷豬肉、筍絲、麵筋、煎豆腐，她的鹽炒花生火候適當，翻炒均勻，每一顆顏色都粉粉的，無一帶焦，嚼起來酥酥脆脆。天冷時，也曾煮紅棗麻油雞。千金兄飲食異於他人，地瓜馬鈴薯紅蘿蔔不敢吃，茄子、絲瓜軟軟的菜不敢吃，不喜瘦肉，最愛肥滋滋的蹄膀，嗜重口味，吃菜脯還要搵豆油。

阿松過去是外燴師傅，曾因工作，食指剁掉一小截，極重視擺盤裝飾，西魯肉、白斬雞、滷豬腳，有幾次興來將早餐當辦桌。他千杯不醉，勸酒最殷勤。志成也是外燴師傅退休，上衣領子老忘了翻，喜愛炸物，特愛炸茄子，炸甜不辣，試吃鹹甜時，慣以食指往鍋裡沾，用舌頭擦。

阿博兄名字不是阿博，說話風趣故名，因阿博嫂罹癌體虛，爬山費力，我認識時，已轉往他處小徑散步。見面沒幾次，記憶深刻，有一回他說要請大家吃「吻仔魚做沙西米」。還有一次我先生問他孫子生孩子了沒，他用力搖手，回以最好不要生，免得他升格當阿祖，早早坐上尪架桌。

我對農事興趣缺缺，早餐也不習慣吃「大餐」，加上菜園蚯蚓時見，夏秋蛇常出沒，此二者，連看見圖片都教人扭緊心臟，呼吸急促，又聽說千金兄是抓蛇高手，喜歡把獵物當馬鞭甩，甩後吊起來，表演剝蛇皮，煮蛇湯加菜……。凡此種種，我不想成為菜園一族，只偶爾「插花」去菜園看大家種菜澆水，因此輪到先生準備早餐時，多半是現買的雞肉、滷味、各式黑白切，豬頭皮、粉腸、粉肝等等，有時阿妗或千金嫂會幫忙炒二樣菜，有時煮一鍋麵，偶也來鍋燒酒雞。

餐間，一壺茶，幾杯金雞酒，男人講話大聲豪爽，哈拉五四三，重複著早已餿掉的玩笑，有時前一刻大談無神論，下一刻論起社會事件時，結論常常是「老天有眼」、「上帝關了一扇門，必定為你開另一扇窗」等等人算之外另一算。在菜園，談話可以無邏輯，唯政治之事各自死忠，最好閉口不提，以免傷了和氣。

飲酒吃肉，不免談起兒媳孫，有時談起身後事。阿松多次談及備好墓地，交代兒子日後要土葬。眾人每每表示，現在都火葬，也流行樹葬花葬，土葬太麻煩了，你死了什麼都不知道，人家怎麼葬，你又不能跳起來反抗……

有一回，我下山後去菜園，大家熱情邀一起吃早餐，盛情難卻。餐後，千金嫂端出餅乾瓜果，煮一壺咖啡。壺是煮開水那隻不鏽鋼大燒壺，咖啡是西雅圖三合一咖啡包，攪拌匙則是筷子。當水開了，她量其約拆開七八包咖啡倒進大燒壺，攪拌三兩下後，倒入玻璃杯，熱情吆喝大家來喝。相較於我的手沖咖啡，這一大壺真是豪情快意啊，只是我實在不習慣其中甜味與奶味，好不容易喝完一杯，千金嫂說別客氣，又倒上一杯。

離去前，千金嫂邀明天再來，說她煮的白粥最好吃，一定要來。我雖未親嘗，早已聽聞其白粥在家以悶燒鍋煮，再帶來菜園，掀鍋前，餘溫持續燜煮，入口時，米粒充分吸水膨脹，綿密黏稠，據說大家都認為很好吃。雖然我不習慣這樣的人情往來，然而，總是深受感動。

爬山

三十幾年前帶孩子初上仁山石階步道，一路喘吁吁，汗水直流，漬得眼睛發辣，走走停停，喝水休息吹風，心想，下次還是走另一入口的公務車步道吧。「下次」就是三年後學校的文康活動。但是，海拔約三百公尺，山路不到一點五公里，一路緩坡，我照樣上氣接不住下氣，不斷問起到底還要走多久，簡直是隻飼料雞。

年輕，從未憂心體內那顆幫浦不耐操，健康也從不是日常生活話題，直到步入初老，血壓不正常，賀爾蒙失調，盜汗心悸失眠，坐著打呵欠，躺著睡不著，醫生囑咐每天要運動半小時以上以提高免疫力，傍晚快走一段時間後，身體仍不時當機，醫生改口說半小時不夠，要增加到一小時，這規勸有如香菸包裝盒上的警告圖示，加上身邊長輩陸續以病體示現，於是，我再次回到仁山。

有段時間，我清晨六點不到就去走仁山公務車道。某日上山遇到幾位下山的熟識山友，好奇問起幾點上山。約莫四點，且已爬完第二趟。這麼早啊，天未光不怕踩到「草繩」？這哪算早，那個誰誰誰說半夜睡不著，每天三點就舉手電筒過來，除了颱風天放假，風雨無阻。我由衷佩服他們起床不拖泥帶水，上山，像走到客廳廚房那般自然，卻也納悶半夜上山是否吸了大量的二氧化碳。

清晨，山客多如傳統早市，迎面而來識與不識者，一路早早早，既親切又近乎儀式的禮節，教不喜熱鬧的我，也跟著人際往來，可心中始終存著些許的不適感。饒富趣味的是，有一山客經常走著走著，突然高喊「豆～腐喔～～」，他的聲音嘹亮高亢，直達天聽，須臾，山的另一頭也很有默契地傳來「豆～腐喔～～」。豆腐來豆腐去的，不禁教人想起童年的清晨，有時還在睡夢中，清亮的豆腐叫賣聲，由遠而近，然後就停下來。一起床，一塊餘溫猶存，淋了醬油的白豆腐已經擺在飯桌上。

另一種聲音是手機放送的各種歌曲或佛號聲，錯身而過也就罷了，若是腳程差不多，或前或後，內心忍不住牢騷何苦與鳥兒青蛙一路爭鳴，於是，三步併做兩步走，快快遠離噪音圈。還有一種畫面則是不自覺地教人放慢腳步，母親挽著車禍腦傷的兒子，妻子陪著使用四腳拐杖步行的中風丈夫，丈夫牽著罹患巴金森症的妻子，我總是上山經過，下山又遇上，陪伴者與病者那一步一步的身影都在在教人動容。

上山後，植物園區、遊客中心或觀景平台，有做五行健康操者，有伸展拉筋者，有野餐有卸下茶具忙煮茶的。人群一落落，說話聲談笑聲手機歌聲，人生無限美好樣，可不知為何，我只想快快下山。

前年暑假，同事相邀八點爬仁山。奉勸暑天烈陽炙人，爬山宜早，七點如何，回以七點在爬枕頭山。好吧，多帶把陽傘。

不意上山後，地面只篩下幾塊斑駁光影，且人潮退去許多，更顯悠哉。思及阿盛師說「觀海，宜獨往，忌夥眾，夥眾則無安靜閒適之可能。不得已而必要一伴，應慎選，知音者上佳……」爬山亦然，不夥眾，最好也避開山客夥夥眾眾。此後，我選擇九點以後單獨上山，那時段，該下山的都下山了，天更闊，山更廣，聽自己內心的聲音，筆記乍現之靈光，一個人多麼舒心啊。後來，我嘗試久違的石階步道，沒想到腳步一路輕捷，此後就從石階步道上山，由公務車步道下山。

石階步道人影杳然，我常常走著走著，前後照看，空山不見人，但聞鳥語響，心生此山是我開，此樹是我栽之快感，於是歇腳賞花看樹。櫻花未謝，杜鵑急著盛放。清明後，則油桐花紛飛，地面雪成一片。入秋，桂花飄香長達半年，豬母乳榕、水黃皮、台灣肖楠等等，雖無高聳入天之姿，然樹蔭濃密，樹身爬滿青苔，樹杈長出一叢叢山蘇，林相大異於平地。低處蕨類蔓生，幾株姑婆芋長得比我高，矮者則以霸氣之姿覆蓋了其他植物。有幾次，明明無一絲風，花葉安靜，或野蕨或小草，一株兩株，左右轉圈舞個不停，蹲看許久，無從解釋，許是小精靈出土相互戲耍吧。

如果樹林裡傳來沙沙聲，準是枝椏間猴子攀跳，這樹頭翻過那樹頭，有時地面漫走。我最愛看母猴抱著幼猴吸奶，若幼猴吸奶不專心，頭轉來轉去，便把母親的奶子拉得長長的，像扯玩橡皮筋般。我也愛看猴子互抓蝨子時的愜意，當我與他們的眼神對焦時，一方總是陶醉又神氣地望著我。仁山的猴子都很友善，只要食不露白，從不攻擊人。

不過，你最好把頭上的猴子當落石，快快通過，斜仰欣賞。前些天，一山客從後頭趕上我，抱怨剛才下雨淋濕頭髮。我說沒下雨啊。他笑罵起「潑猴、毋成猴」。方意會猴子在他頭上灑尿。

爬山另一忌，忌穿著不當。

這話顯然多餘，但我在下山時，見過外地遊客穿厚高跟鞋也就罷了，還有網襪搭細高跟涼鞋者，教我看得幾根腳趾常忍不住就彎曲緊抓住鞋頭。日前還遇上一頭澎澎金髮女人，假睫毛跳動著，著正紅上衣正紅迷你百褶裙，腳踩高跟馬靴，凡此種種穿著，想必誤以為仁山有流籠可搭。

最忌爬山遇到菸客。某日在步道見前方彎處樹縫人影穿梭，一落單男子駐足面向山林，站姿不像小解，前行，忽見一縷白煙升空，未多看他一眼，他就自動把菸熄了，原來是遊覽車載來的抽菸脫隊者，還面容尷尬問我是哪一隊。

我上山後喜歡站在土丘上遠眺蘭陽平原，從腳下丸山遺址往前延伸，找到我家對面那所國中，以此為地標，再找尋被群樹遮蔽的家。天氣晴朗時，看龜山島悠閒地浮在太平洋上，我就不自覺地默詠林則徐的知名對聯「海到盡頭天作岸，山登絕頂我為峯」。然後，繞進涼亭旁的樹影深蹲拉筋。

上週碰上一對先前遇過數次，樣似父女又如夫妻者在一旁做甩手運動，突然，男人告訴女人腳踩了一隻馬陸，她倒退，敬禮又敬禮，連連說對不起，隨即雙手合十低頭誦經迴向給那隻馬陸，許久才又繼續甩手，而男人早不知去哪，總是如此，我猜，他應該又去採野果。如所料，不久，他回來了，但聞女人嚡嚡幾聲，誇甜誇好吃。

到底是龍葵、桑葚或什麼奇珍異果，每每覷探，未探出結果，卻口生津液。我好奇他們的關係，也好奇哪裡有果可採。下回尾隨。

八哥

幾個月前，傍晚，帶孫女農路散步，常遇見電線上站得滿滿的麻雀，我們一起數一二三，然後用力拍手，瞬間，眾鳥高飛，婚禮會場拉炮打出的彩花般熱鬧。近來，與孫女出門，想玩「嚇麻雀」，不知為何，樹上寥寥，電線上常常一隻也沒有，田間地面亦少見，倒是發現，院子、圍牆上、田野、農路，到處都有黃嘴喙黑羽毛的「家八哥」。

二十幾年前，婆婆在舊家院子裡也養了一隻家八哥，才養不久，開始學鄰居喊起「歐巴桑」、「歐巴桑」，叫聲像真人，使得婆婆常誤以為有人來找，發現被騙了，自是歡喜大笑。婆婆每日親自餵飼料，添水，清理糞便，不覺費事還甘之如飴。某日清早，鳥籠不見了，她很傷心，每天騎腳踏車外出尋找，大街小巷，一戶一戶探查，冬山羅東五結三星遍尋不著，又往十公里外的宜蘭繼續找，幾個月過去了，杳無音訊，這才放棄。

家八哥和另一種也是黃嘴喙的白尾八哥都是外來種，皆擅長學舌，但價格比鸚鵡便宜，商機大好，於是業者大量從國外引進，成了寵物鳥，後來因話多吵雜、吃多拉多，排泄物也臭，飼養風氣不再，有些飼主棄養，有人買來放生，還有一年，從私人動物園逃逸，幾年間任其繁衍，郊野、鄉村、城市到處可見。

近年來，開車途中，多次見外來八哥大搖大擺走跳過馬路。牠們還在大樹、屋簷、交通號誌燈罩內，紅綠燈標誌桿鋻管管洞等處築巢繁殖。目前我居小村以家八哥居多，牠們若跳進家裡院子，意圖明顯。通常在四五公尺外，兩三隻結伴站一起，定定觀察老狗阿莫，見她終日趴睡，吠聲無力沙啞，有時連吠都懶，判斷不具攻擊性，於是先後跳上一尺高的陽台，大膽叼走狗食，雞胸肉、吐司、炒飯或飼料，什麼都好。肉塊大，叼不動，掉了再叼，有時放棄，再跳到飼料盆偷食。漸漸地，肆無忌憚，直接就地吃食。到後來，連觀察也省了。

初始，覺得有趣，時日一久，覺得太過機靈，實在不可愛。有一回，我刷洗陽台，準備把阿莫先移到圍牆下，兩隻家八哥站在圍牆上，見我走近，同時轉身，一起跳兩步又一起停下，然後，身體斜向同一方，許是見我未持棍子掃把，才會如此大膽囂張，那一副驕傲，不鳥你的樣子，教我有種受辱之感，若彈弓在手，定會狠狠修理。

後來得知，外來八哥不只狡黠，習性尤其凶狠，諸多惡行，簡直是流氓惡霸。聽聞牠們在公園圍毆松鼠，偷吃鴿子蛋，叼走幼鴿。小麻雀在吃地上的東西，牠一腳壓在麻雀頭上搶食。還有，網友錄下的令人髮指的影片：一隻家八哥趕走牆壁巢洞外的麻雀，鑽進半個身子，拖出一綹乾稻草，啄食幼雛，麻雀夫妻飛來飛去，嬌小的身子怎麼也攆不走體型兩倍大的侵略者。難以置信的是，有人見過三隻八哥攻擊一條超過一米長，正竄過路面的蛇。看來，牠們幾乎沒有競爭對手，也沒有天敵了。

大概三年前吧，我鄉收割後的稻田裡突然天天出現一大群黑鐮刀嘴，俗稱巫婆鳥的埃及聖䴉，而原本漫天飛的白鷺鷥惟見二三隻，並且躲得遠遠的，判斷是被驅趕。埃及聖䴉入侵，也威脅到其他鷺科鳥類，當時林務局為了降低數量，曾採用比較溫和的繁殖控制方式，但效果不彰，最後以槍移除，此舉果真讓白鷺鷥身影重現。如今外來種八哥已經擴散全台，嘴喙象牙白的本土冠八哥因此已瀕臨絕種，列為保育類動物，想不到這一年來，小村麻雀數量也大減。

不禁想起一隻稻草人。

前年麻雀常來回穿梭陽台，身形渾圓，啁啾叫聲雖討人喜愛，但清除遺糞很傷腦筋，試過各種方式驅趕，掛老鷹風箏，吊成排CD反光都無效，最後，和媳婦共做一個稻草人立在陽台，成效極佳。去年東北季風來襲，大雨日連夜，夜連日，稻草人溼答答，拆毀後丟了，忘了重新製作，今年陽台卻是乾乾淨淨，一隻麻雀也沒飛進來。

不知麻雀都躲到哪裡去了，很懷念嚇麻雀的時光，真希望夜市有攤商烤外來八哥來賣，清燉藥膳外來八哥湯也可以。

阿娥

阿娥家在稻埕外圍水圳邊，她家後門與稻埕裡地主家的後門斜對著，埕裡的孩子都喊她阿姆。

阿姆家房間衣櫥旁有一部電視，每天下午楊麗花歌仔戲播出前，埕裡的大人小孩就紛紛從地主家前門進，穿過兩個後門，來到她家，全爬上房間木板床。我亦挨擠其中。阿姆像是放映師，解開電視鎖，拉開如百葉窗的拉門，旋轉開關大圓鈕，然後盤膝同坐其中，靜待節目開始。

大家在電視機前，不分年歲，聲氣相通，隨著劇情同喜同悲，一起咒罵奸臣、小人，一起歡呼壞人終得惡報。散場後，往往意猶未盡，邊走邊談論。房間宛如電影院的歡樂時光，直到我小學一年級時，託三嬸的妝奩之福，家裡也有了電視，才告一段落。

約莫我三四年級，那時家庭即工廠，戶戶人家無不從事代工，綁豆干結的、做聖誕燈飾的，織毛線娃娃的都有。阿姆去工廠大量批項鍊扣頭回家，我和妹妹再去她家，五百個一千個批來做。這工很簡單，只要以所附尖鑽戳掉塞在孔洞裡的金屬屑即可，完成後交給阿姆，按件計酬。

關於代工，只記得看金屬項鍊頭看到兩眼發酸，但從阿姆那兒領到工錢時，高興得眼睛發亮。之後，我升上國中，唯課業第一。求學就業，步入家庭，阿姆幾乎從我記憶中隱去。直到這七八年來，我回娘家，見她不論晴雨，老是在稻埕裡走來走去，初始覺得模樣像是「我想要回家」海報裡協尋失蹤的老人。一回又一回，不知怎地，我童年看歌仔戲那部電視於是一日一日活了過來。有一天，我上前與她話家常，提起童年爬到她房間看電視的回憶，她說都忘了。

阿姆勤走路，行走時習慣將兩手放背後，這使得原來就駝的身形又更駝了。她步伐穩健，慢慢走，從她家，往馬路方向走，再繞進稻埕，回到她家，一圈踅完又一圈，一天踅十多圈。我回娘家時，有時見她行在路中央就趕緊上前挽著靠邊走，並告訴她車多走在路中央很危險，要靠右走，不意她卻反過來勸我，重複了我的話，彷彿與我身處不同時空，踽踽行在時間的另一端，那條我稚年時，沒有分隔線，只有行人、牛隻、腳踏車、肩拖水肥車的馬路上。

阿姆行在路中央，已是一道人人皆知的馬路風景。麵店、早餐店、自助餐店、雜貨店等老闆老闆娘都說她一天出巡十幾趟，駕駛汽機車的鄉親都認得她，不會叭她，會讓她。她退休在家的大兒子則搖頭說：沒辦法，路是她開的，路權是她的。阿姆不走路時，則和三兩個老人坐在她家屋簷下，她們談兒媳孫，談天氣談社會新聞，有時什麼也沒說，和幾隻野貓一起看著路過的行人。日復一日。

有幾次我挽著母親的手臂行經阿姆家門口，她總是一臉笑容中故意把臉一板，側著頭瞪我們，笑聲高亢：啊，兩母仔子手牽緊緊，是要去哪，然後，說起我母親最好命了，有女兒每天回去說說話，出門又有人陪，她都沒有，有一次還怨嘆自己生四個都是兒子，很羨慕母親有女兒。往後，與母親行經阿姆家時，母親就提醒我不要牽她的手。我看見母親的慈悲，也憐憫起阿姆。阿姆的小兒子長年在大陸，二兒子與三兒子幾年前先後生病及意外過世，稻埕裡外人家皆知，只有她不知，每次問起，大兒子都回以他們在大陸，工作忙碌無法回家。近年阿姆失智後，問的次數少了。

某日，我與妹上街，經過阿姆家，她一個人坐在門前矮凳，搖著扇子，看著遠方，問我們去哪，並指著一旁矮凳要我們有空來坐坐。見她狀似孤單，乾脆陪她聊天，沒想到批貨代工賺錢與在她房間看電視竟是我與妹妹的共同回憶，可是阿姆連殘存的記憶也無，我細細說，她還是想不起來，卻是一直笑，笑出兩排亮白的假牙，把粗黑的臉孔襯得更黑了。

我們聊著聊著，她要我們進她改建後的屋裡看看，她帶我們進她房間，說那張床很舒適。房間走道又有一道門，說是她大兒子的房間，她開了房門，我正想說不便進去，她手已指向斜前方，說以前電視就放在那個位置。那一剎，美好的電影院時光歷歷在目，我忍不住摟著她，告訴她當年我往往是赤腳，歌仔戲時間一到，腳也沒洗就爬上床看電視，謝謝她大器大量，不曾嫌髒，她笑笑說，都是自己人，只是看個電視，沒什麼。

這一年來，阿姆的大兒子幫她申請了居服員，一天陪伴二小時，她喚阿姆「阿母」，常挽著她的手臂，穿過稻埕，一起去路口買便當，或是帶她去美容院ＳＥＤＯ頭髮。每回見了，她都很開心問我說，這有像是她女兒嗎?有次，跟居服員聊起阿姆，居服員說她老是記錯她的陪伴時間，常常在她到府服務前一小時，就到美容院去問她怎麼還沒來。

阿姆今年九十二了，最近見面聊天就要我猜她年紀，我每回都故意問她八十了沒，她抿緊雙唇，忍笑搖頭，要我繼續猜，累加一堆數字的歲數，把她逗得笑開懷，乾脆宣布自己屬雞，要我算算是幾歲。又說起她這幾年記性差，什麼事都聽過就忘，倒是有一回說起自己不識字，不過日治時期讀過幼稚園，隨即用日語唱起「咕咕咕，鴿子咕咕……」唱完說：人生海海，自己差不多要回去了。

正記

正記是我的鄰居，寡言，沉鬱的臉幾乎不曾擠出笑容，先天高度近視，雙眼透過厚酒瓶底般的鏡片看人時，依然瞇成一條線。他的手腳臉孔是「黑肉底」，還是「黑無洗」，很難分辨，穿著向來邋遢，夏天一條四角平口內褲，腹肚凹陷，胸坎肋骨根根可數，腳指甲永遠鑲了一圈汙垢，杵狀肥大的腳趾頭總溢出夾腳拖鞋面。幼年罹患小兒痲痺症之故，走路瘸拐，腳速卻不輸常人。

我屘叔與正記是國小同學，屘叔考試成績都是倒數，而正記在班上六年都保持第一，也是倒數。但他哥哥水同叔就不簡單了，國小只讀三年，自營噴漆工廠，也從事車床加工，並且接國外訂單，左鄰右舍中，第一部摩托車，第一部彩色電視和電唱機都最先出現在他家，優渥的生活令人稱羡。正記年輕時在水同叔的工廠幫忙噴漆，他視力雖差，技術卻是師傅等級，公司送來的機械烤漆都由他處理。

可能單身的關係，正記沒積存概念，檳榔不斷，好杯中物，酒肉朋友也多，加上待人慷慨，一旦領了薪水，不出幾日口袋就空了。他也愛玩，當他變了個樣，頭髮分線，抹得油亮亮，換上花襯衫，白色或黃色大喇叭褲，哼起葉啟田、洪一峰的歌，那通常就是包計程車去台北玩。怎麼玩，玩什麼，沒人知道。聽他姪兒說，他上車前都是報上水同叔的名字，不過，回到家就藉故溜去躲藏，司機上門，家人只好幫他付車資。那時他的薪資一千多元，冬山台北來回將近四百元車資，他父母生氣無奈，常常棍子拳頭相向，且多次趕他出門。

我讀國中時，水同叔一家人已搬到鄰村，也接父母去同住。新居離舊家不遠，正記留在舊家，他不懂炊煮，常前往水同叔家一起吃飯。因家裡電話一起遷移了，他偶爾需用時，就來我家借。期間，從南部來了個「跑路的」，穿著與正記一樣邋遢，因緣際會住進他家，兩人常一起喝酒，相互作伴相互照顧。

幾年後，正記的父母年老生病相繼離世，又幾年，水同叔值英年，亦不幸罹病過世，水同嬸不善經營事業，不出幾年工廠就垮了，正記也失業了。債務之故，水同嬸一家人再次搬家，這回路途屬遠，正記往來得搭公車。

彼時他先天高度近視，視力逐漸惡化，生活諸多困擾，他姪兒帶他去手術，所幸成功。但長期嚼檳榔之故，牙齒磨損脫落，已無法正常進食，每次到水同嬸家，水同嬸只好另煮稀飯給他吃，邊吃邊勸，話語重複又重複：酒少喝，壞朋友不要交，自己要為將來打算……

正記的經濟來源沒了，回水同嬸家吃稀飯的次數多了，那個與他共居的「跑路的」也離開了，他再度回到一個人的生活。有時，正記直接到姪兒服務的公司要些零用錢，姪兒怕他亂花，給的不多。他姪兒認為阿叔終究是自己的親人，況且小時候很疼他們，有好吃的都會留給他們。有時，正記去麵攤子喝酒，身上沒錢就報上姪兒的名字和電話，酒後，老闆再去他姪兒服務的公司收帳。有次，不知何事，有人上門向他討債，他拿不出錢，窘在那，我母親正好瞧見，幫他把錢還了。

一段時日後，正記突然出現在喪葬隊伍的吹奏陣頭裡。我認為他樂器學得快，但厝叔說，那是陣頭鼓吹隊暫時缺人手，他只要戴上大盤帽，換上制服，手指照按，不出聲音便好。鄰居則說西索米這途很適合正記，吹到哪，可以吃到哪，我心想，那不就是吃

「白肉」，還可以領零用？這也教我想起黃春明小說《鑼》中的南門棺材店，說不定正記也常蹲在那家棺材店對面茄冬樹下，一等到喪家上來買棺材，就跟到喪家，幫忙打雜，這樣，他就會有兩三天，甚至一個星期左右的白肉可吃，另外還可以分到一些零用。

不久後，正記的運氣更好了，喪家出殯時，他穿上紅布衣，手執紙神像，成了領在最前頭的「開路神」。他昂首，挺起胸膛，步伐輕快，摘掉眼鏡後，眼睛雖仍瞇成一條線，但看起來多了幾分自信。

漸漸地，正記也承接起葬儀社一些工作，多半是在家以竹子紮糊大燈籠和開路神，完工後，就請姪兒開貨車來幫他把成品送去葬儀社。有幾次，我回家找不到停車位，車停他家門口，進去打聲招呼，微弱的白燈管下，紅的白的黃的各色燈籠散放一處，青白的赤面的開路神，面目猙獰，身長一丈多，一尊又一尊，有的擺地上，有的豎立牆邊，陰氣森森然，總教我不自在。

正記自食其力之後，總算把水同嬸的話聽進去，酒肉朋友少了，知曉好天要積雨來糧，把錢交給姪兒，存進郵局。然而，他檳榔不斷，酒照樣喝，有幾次微醺自歌，找我厝叔幫他介紹女朋友。也有幾次，不知是自卑，或有什麼說不出的積鬱憤懣，一股腦兒全交給酒，抑或是黃湯下肚，觸發心中哪椿怨懟事，他手執菜刀，搖搖晃晃狂罵亂揮，嚇得家家戶戶關起門。此後鄰居咸認為他智商有問題，精神也有問題，與他保持距離。

有一次，他酒後又持菜刀，站在稻埕，一家家點名，連珠炮開罵，多半是罵人家瞧不起他，咒詛人家等等。我仔細聽了，唯獨我家豁免，應是基於尊敬我阿嬤吧。我阿嬤生前是職業媒人婆，能言善道，對正記常常好言好語相勸，成了他唯一會寒暄招呼的長輩。我阿嬤過世時，他特地前來拈香，在靈堂前說了許多她的好，只是聲音沙啞模糊，無法完全聽清楚。出殯時，他照例穿上紅布衣，領在最前頭，有一剎，我覺得他在驅逐妖魔，幫我阿嬤開路，引領她穩妥順利上天，悲戚中，對他心生幾許感謝與尊敬。

正記長期酗酒，直到肝硬化、腎受損，數度進出醫院，自此住進水同嬸家，方便照顧。他終於不再喝酒了，常對姪兒談起以前醉酒，走路、騎機車，經常跌撞，都只是小擦傷，說自己是天公仔子。

正記最後一次住院時，醫生評估必須洗腎，問他意見，他搖頭，家人也尊重。後來，敗血症，器官衰竭，留了一口氣搭救護車回水同嬸家。闔眼後，家人又請救護車載他回老家稻埕繞一圈，最後才送他到山上與水同叔同眠。

正記離世那年，五十九歲。多年後聽他姪兒談起，才知他的真正名字是進德，因與祖先重名或同字，避諱之故，另起小名「正記」。

摩天輪時光

輯二——摩天輪

紙娃娃

我讀小學時，班上女生流行玩紙娃娃，那是文具店和柑仔店的熱銷商品，大約Ａ４紙張大小的厚紙板，印製出一個漂亮的漫畫人偶，和各式各樣時髦好看，色彩鮮艷的衣服及生活飾品，如手提包、帽子、洋傘等等。

買來的厚紙板，刀模都已裁切出撕線，輕輕一剝即可剝下紙娃娃進行換裝及扮演遊戲。同學的紙娃娃有的是買來的，有的是自己畫製。我也買過，卻覺得不如自己設計的有趣。不過，很享受買來後，小心翼翼拆下人偶及衣物的騎縫線時那種「剝剝剝」的聲音斷裂感，於是，常幫同學代勞，順便參考人家的圖形衣飾，好模仿繪製。

我先畫出各型紙娃娃，有時直接拿同學的來描輪廓，再畫五官。長髮短髮直髮捲髮都有，也有金髮美女。她們共同特徵是美麗，擁有一張嘟成三角形的小嘴，一雙瞳眸裡閃著星星光芒的大眼睛，誇張的長睫毛，細腰，長腿，穿連身泳衣，著高跟鞋。都畫好了，塗上喜歡的顏色，剪下，最後幫她們取名字，小玲、小華、小美等等，並寫在後面。

小美，就是我。

幫紙娃娃量身訂做衣服或其他配件，很簡單，只要把她們放在紙張上面，順著身形畫，洋裝、外套、蓬蓬裙、長褲、碎花三角褲、晚宴服等等，都畫好了再畫帽子、手提包、項鍊等配件。然後塗色，剪下。每件衣服的肩上，或裙子長褲的腰旁要多留約半片指甲大小的長方形，這樣給娃娃穿上衣服或褲子裙子時，只要將那多出來的部分翻摺，掛在肩上或腰部就完成了。

彼時，幾乎每個女孩的鉛筆盒裡都會躺幾個紙娃娃，我的紙娃娃和幫她們裁製的衣服愈來愈多，有的夾進國語課本裡，但後來，課本老是掉出包包、衣服，只好全數收進鐵餅乾盒裡。紙娃娃們有了新家，規模愈來愈大，小美甚且有了分身。

玩紙娃娃首先要布置房子，墊板是一樓，擦子是客廳的椅子，樓梯是一定要的，那是有錢人家的象徵，尺或小刀架在鉛筆盒就是樓梯了。我在家通常和妹妹一起玩，若自己玩，一人分飾二角或多角，情節隨意編排。小美有時是公主有時是大小姐，常穿上各式各樣漂亮的衣服去上班。

眾娃娃中，小美睡樓上。有人找時，她會說，等等，我下樓喔，或者說，我去樓上拿皮包，就這樣，她常有機會上下樓梯。其他娃娃有的是她的姐妹，有的是她的僕人，除非受邀請，只能在樓下活動。男紙娃娃無論臉孔或衣飾都不好看，我沒興趣畫，非得男性出場時，就以鉛筆代替。

在學校，午休時間，老師都在辦公室趴睡，三年級愛、信、義三班女生班幾乎所有同學都在玩紙娃娃扮家家酒。女生玩這些遊戲不喧嘩，低聲細語，高年級糾察隊巡教室時，只會提醒不可以出聲音，從不禁止也不打小報告。有一天，突然信班同學衝出教室，驚慌大喊，紙娃娃跳到老師桌上了，我們嚇得全衝出去看究竟，走廊亂哄哄的，窗邊擠滿了人，我還沒看清楚狀況，信班義班兩名老師和校長從辦公室急急走來，所有同學見狀迅速回到自己教室。我是愛班，老師家賣雞，他每天中午要回家幫忙，上課時間才返校，但我們也已回教室乖乖坐好。沒想到校長走進我們教室，站上講台，問大家這世界上有鬼嗎？全班搖頭大聲說：「沒有」。又問，你們相信紙娃娃會跳起來嗎？全班再次搖頭大聲說：「不相信」，然後，校長又說了一串長話才離開，話題仍是強調紙娃娃是紙張，紙張不會亂動、世界上真的沒有鬼。

其實，同學之間早就謠傳紙娃娃玩好要收進盒子裡，不然半夜會爬起來，會到處遊走，如果不想要那個娃娃，必須燒掉，不能丟進垃圾桶，大家雖半信半疑，但未聞同學有親身經歷，仍是愛玩，娃娃愈玩愈多，直到經過三年信班的事件後，我們不敢再玩紙娃娃了，上廁所雖都結伴，還是很怕糞坑裡有甚麼東西跳出。放學回家後，我說起紙娃娃跳到桌上的事，還說起學校有鬼，阿嬤一聽，說我黑白講，問我鬼長什麼樣子，然後叫我和妹妹把紙娃娃全部燒掉。

我們餘悸猶存，仍是狠心把紙娃娃全部燒了，那一把火也燒掉我許多美麗的夢幻。童年時，我不曾買新衣，永遠穿表姐或不知是誰給的舊衣褲，還穿過褲底白色車縫線染有洗不掉血漬的內褲。小美，幫我穿了各式新衣，還滿足了在破茅草屋裡可以「爬樓梯，睡樓上」的想望。

再次畫人偶時，已五年級了，最常畫的是布袋戲那個儒生史艷文，有時畫在地上，有時畫在紙上，史艷文雖英俊俠義，終究比不上小美。

摩天輪時光

十一歲那年暑假，台北的舅舅回羅東，返北時提起要去大姨家，我因嚮往台北，於是要求一起搭火車前往。

大姨家寬敞，樓下是姨丈過去執業的內科診所，二樓是起居室，三樓唯撞球檯，別無長物。冷氣，教人忘了溽暑。廁所新穎，大小便後，頭頂上繩子一拉，瞬間沖洗乾淨。相較於我家那終年掛著蟲屍的破茅草屋，冬日嚴寒難擋，逢雨，水桶臉盆上場，酷夏一支電扇怎麼趕也趕不走躁熱，而茅坑，蒼蠅飛舞，泛潮，終年飄著人與豬的糞臭味，大姨家這般居住環境，無異是一座豪華大觀園，令人心生歎羨。我與一個大我三歲的女孩鄰房而寢，我喊她「顏姐姐」，只知她是表姐的學生，好奇她何以不住在自己家裡，但表姐沒說。

表姐常帶我去買菜，閒暇就帶我出門玩樂，記憶所及，去逛書局，參觀博物館、動物園、兒童樂園、荣星花園、青年公園等等，也曾去吃港式飲茶，郊外野餐。印象最深刻的是搭乘摩天輪，站在地面時，仰望圓輪慢慢轉，有種無以名狀的幸福感。當坐上後，輕輕地盪啊盪，緩緩上升中，地面的遊客、樹木、遊樂器材愈來愈小，園區變得愈來愈大，新奇中，更多的是快樂，多麼希望永遠停在最高點。

某次週間，表姐帶我去逛百貨公司，遇到她的大學同學，相互寒暄後，她介紹我是鄉下來的表妹。「鄉下」二字教人頓時臉紅，瞬即察覺自己一身黧黑，與皮膚白皙的她們，形成強烈對比。我垂下頭，彷彿從明亮潔淨的空間被丟回自家門口，鄰家幼童就蹲在門外石階下大小便，不一會兒，狗來舔食，而雞鴨鵝火雞散步稻埕，長柱狀的糞便隨處可見，下痢時帶水的墨綠色糞便，不小心踩了，腳趾縫的臭味一時洗不掉的，愈想愈害羞……。

表姐的同學離開後，我們逛到鞋子販賣部，她要我選一雙涼鞋。我選了一雙鵝黃色麻花鞋面款式，穿上後，在矮立鏡前走來走去，視角改變，從中看到鞋面下的外踝、腳趾頭，腳指甲，明明是自己的腳，一時陌生了。此生第一次穿上涼鞋，第一次給腳照鏡子，黝黑的腳板很高，上頭還有幾顆瘡疤，正如我阿嬤說的「豬菜籃仔結紅綵」，內心無比歡欣，前一刻的羞窘慢慢消釋。

有時，我也跟著顏姐姐外出，沒去哪兒玩，但坐公車看房子氣派、街道寬廣就讓我過癮。沒出門的日子，有幾次我從住家騎樓一端行去，一家一家往裡頭探看，麵包店、女裝店、賣餅乾零食的店，過十字路，斜對面是中山女高。折返，又看路上汽機車來來往往，公車經過，就看看是幾路，也細瞧幾個站牌下停靠哪些地方。

有一天，大姨突然出現，還帶回一盒蛋糕，原來她剛從日本回來。我後來才知，表姐讀大二那年，姨丈因專長治療矽肺症，日本勞災病院院長力邀他當內科部長，大姨為了照顧姨丈生活起居，一年後也移居日本。

大姨放下行李，切了蛋糕要大家吃。遞給我時，要我多吃，並強調「回家就吃不到了」。明知大姨一番心意，也知曉蛋糕好吃，但一股莫名的卑微感湧上，裝作不在乎，推說吃不下就走開了。那晚，冰箱的蛋糕少了，大姨隨口問起，我說我沒吃，那扭曲的自尊再次貶損，內心憮然半天，直到顏姐姐說是她吃的，我才釋懷。

約莫一星期，大姨回日本，而我，距開學不到十天，作業還在家裡荒著，卻毫無回家意念。有一天牙疼，我捧著腫脹的臉頰，客廳廚房走來走去，坐也不是站也不是，表姐勸我去看醫生，然過去鑽鑿大臼齒抽神經的可怕經驗讓我卻步，僅是服藥暫時緩解疼痛。翌日，疼痛再度襲上，不敢哭，又止不住淚水滑落。我開始想家，只想立刻飛回家，隨處一蹲一靠，任性自在放聲大哭。

回家後，許是牙髓神經壞死，漸漸地，疼痛不再。我一有機會就向弟弟妹妹吹噓去了哪些地方玩，詳述表姐家舒適的居住環境，享受他們羨慕的眼神。然而，我終須從雲端回到地面，回到日常。

母親照樣四處借貸，向米店、菜販賒帳，向鄰居借米，有時也向人要粥水給我們喝。父親仍是流連賭桌，三兩日就買醉，還聽聞曾因賭去台北找大姨借錢。家境拮据及我父荒唐行徑，在我漸漸長大後都感到難堪，於是退縮、封閉，常找藉口逃避與母親的眾親族往來。又後來，自己的學歷、工作也不如表哥表姐們，更是氣餒。多年來，表姐幾乎年年在台北為大姨辦生日宴，順便舉辦家族聚餐，我因此總是缺席。

忽焉，人生行至中年，卻覺察日子疲乏無力，過得好辛苦。觀照自己內心，從小不自覺地常與他人比較，比家境比長相，長大後比成就，當命運的重量難以抗拒時，經常感到不如人，心生自卑，日復一日，年復一年，慢慢長成自尊堅硬，我執強烈的自己。歲月流轉，漸能感悟世間眼見都是表象，有時是不自覺的內心虛設，許多物事背後是我所不知的，猶如冰山一角，無須攀比無須羨慕。十幾年前我開始陪母親北上參加家族聚餐，之後年年參加，直到前年大姨過世。

放過自己，日子好過許多，陰霾散去，內心也歡喜自在，然每回相聚匆匆，與表姐僅止於招呼問候，未曾多聊。

這一二年，訪友、參觀之故，幾次搭捷運淡水線，一過圓山站，就期待高架橋旁那座摩天輪出現。我的目光定住那不怎麼華美的圓輪，直到消逝車窗外。然後，腦海裡蒙太奇般，往昔時光一幕幕浮現：我與表姐搭乘摩天輪，車廂晃動，緩緩上升，微風徐徐，視野愈來愈廣闊，天空愈來愈近，一圈後再搭一圈……

那是我十一歲那年暑假搭的摩天輪嗎？那兒是表姐帶我去的兒童樂園嗎？經查詢，果然是圓山舊兒童樂園，因位於古蹟遺址及河川集水區旁，於二〇一四年閉館，遷移至士林，目前還保留了摩天輪和旋轉木馬。「保留」意味著大部分的消失，而現有的，如歷史的一枚標本，依舊時不時勾動起我沉潛半世紀的回憶。我於是透過 LINE 向表姐致謝當年她陪我度過一個美好難忘的暑假。

之後，心神老飛抵那個遙遠的時空，有時是兒童樂園，有時是表姐家日常，有時是老台北街道。那些光影、色澤、氣息，如此鮮動，某日忍不住提議與兒媳一起帶孫女去士林兒童新樂園玩。

那日入園，許多爸爸媽媽推著嬰兒車、牽著小孩的手，遊園，拍照，我抱著讀小班的孫女坐上旋轉木馬，樂音響起，上上下下，轉啊轉，揮手跟拍照的兒媳打招呼，時間到，我們重新排隊再玩。然後坐摩天輪、旋轉咖啡杯、碰碰車，一回又一回。海盜船、自由落體、魔法星際飛車等毫無兒時記憶，應是新增遊樂設施，以迎合鍾愛恐怖刺激的青少年。

中午我們在樹下野餐，我吃了平時忌口的冰淇淋，並提議下回改去動物園。語畢，一幕幕影像自腦海飛掠：烈日下，我與表姐共撐一把洋傘，走逛動物園，兩匹駱駝臥在爛泥上，有氣無力喘著，皮毛有幾塊乾掉的泥巴，我不自覺搓著手指，很想把它摳下來。大象林旺緩步到鐵欄杆前，甩出長鼻，我靠在外圍欄杆，伸出手，把冰淇淋塞進那幽森的孔洞裡……

上個月三姨丈的告別式在宜蘭舉行，表姐特地從內湖趕來參加，會後相見，驚覺她背已駝，步履不若二年前大姨喪禮時穩健，表姐夫體貼，總跟在一旁，有時攙扶。閒聊，得知她今年七十八歲了，而我也過花甲之年，兩人皆鬢已星星。小時候的表姐長髮披肩，牛仔短褲下一雙修長美腿，尖尖的下巴總是溢著笑，有一種輕輕淺淺的美。歲月滄桑，我忽有浦島太郎仙鄉一日之感。

又想起當年暑假鄉下小孩進城一事。

孩童時期，以為表姐花錢花時間陪我吃喝玩樂理所當然，時間倉皇而逝，事過了，物老了，有的消失了，遲了五十幾年才要深深感謝，細數一二，淚水已含眶。拭去淚水，以為可以好好說了，又哽咽。表姐點頭，說她能懂。但她可能不知，在我求學時期，家裡稱得上課外讀物的只有農民曆，再則是遮蔽破牆的春牛圖，年年讀，半懂半不懂，還能讀的就是廚房裡的「金蘭醬油」或「工研醋」幾個字。那年暑假她帶我去東方書局買的格林童話、安徒生童話、伊索寓言、自然科學類的書，開啟了我諸多美好的想像，也滋養了我精神貧瘠的童年。升上國中後，課業繁重，雖不再翻閱，卻仍與教科書參考書一起擺放，值得向人展示般珍愛。

我母常說，在家裡最困頓的時候，誰給了她一條牙膏一塊肥皂，她都深銘在心，當借貸度日成為回憶，什麼都不缺了，開始想起那心頭一度暖呼呼的牙膏與肥皂，還特別強調，於今，給她再多金錢或物質，永遠不及當年，甚至會忘記。

母親的牙膏與肥皂只是一個象徵，彼時，誰偷偷塞給她五十元，向人借米時，誰量了十碗尖尖的米給她，她十碗尖尖的還回去時，對方硬是又量回一尖碗二尖碗給她。諸如此，她老來常掛在嘴裡細細數。

那年暑假，表姐給了我許多人生的第一次，「一條牙膏一塊肥皂」之外，彷彿給了我一座摩天輪，坐上後，緩緩上升，幸福快樂中，開啟了廣闊的視野，那些都是我成長過程中不可能經歷的美好經驗。雖然終究回到日常，光陰流轉，逐漸淡忘，老來一回首，才驚覺鐫刻的跡痕如此深刻，感懷之情沛然漫溢。

也納悶表姐當時正值青春年華，該盡情地玩，該去談戀愛，愛做什麼就做什麼，怎有耐心與一個小孩共度長假。表姐笑笑，表示自己出生優渥，求學順利，大學畢業後，飛去爸爸服務的醫院擔任藥劑師，某次回國受人之託，臨時幫一所國中代課，接觸來自各個家庭的學生，方知原來世間多疾苦，學生教會她許多，成長了她的生命，心念一轉，決定當老師。她表示當年曾考量把我留在身邊，至於顏姐姐，乃因與父母吵架離家出走，怕她誤入歧途，所以讓她住在家裡，慢慢開導。

表姐沒說後來何以沒有留我在台北，卻說起姨丈去日本行醫後，本來家裡有佣人幫忙，但大姨去日本半年後，佣人辭職，她為了不讓父母操心，買菜煮飯洗衣從頭學起，一肩扛起所有家事，並照顧還在讀初中高中的弟弟妹妹們。每年暑假，換大姨回台灣照顧兒女，她去日本照顧姨丈的生活起居。如此，姐代母職多年，後來二表哥不幸重病，臨終時對她說，你不是我姐姐，你是我媽媽。

二表哥的肺腑之言，聞之感動也心痛，腦海裡隨即浮現小津電影似的長鏡頭畫面。某日下午，大姨坐在餐桌前，表姐立在一旁，我隔著距離，但見二人側背，她們說著閩南語，偶爾穿插幾句日語，無非說些家常事，當表姐說起她的弟弟妹妹時，音色平抑沒有起伏，然碎語拼湊，隱微感受到一個小女孩正對媽媽娓娓傾訴了什麼委屈，那是我不曾見過的表姐，那一刻，二十幾歲「逼所成慧」的表姐，是媽媽的女兒，一個很平凡的女兒……

臨別，表姐夫扶著表姐上車，揮手再見，車子漸行漸遠，再度想起那年暑假往事。

榮星花園、青年公園，至今未再踏上，來日再訪，或許還有一棵樹一朵花，從我記憶的枯井中活過來。也忽然覺得不久前新兒童樂園一日遊，其實是兒媳和孫陪我找尋心中那座摩天輪。

小妹

我和小妹差了四歲，我們共同經過的童年時期很短，一起玩了什麼遊戲，毫無記憶，然而，她愛哭，一哭就煞不住的種種哭事卻是深刻。哭，於小妹像是吃飯喝水般日常，東西不見了，頭髮把她剪歪了，有時不明原因，都可以讓她哭得死去活來。

小妹的哭功，鄰居大人小孩皆知，她的名字有個「玉」，於是有人喊她「愛哭仔玉」。一旦她哭袂煞，祖母忍不住就罵：啊是哭路頭或是吃死雞仔腸？然後氣得從牆角抓出趕雞用的雞箠，在地上敲打威脅。但，愈是威脅，她哭得愈大聲，任誰都拿她沒辦法，只能等她哭累了，睡著了，醒來，忘了。

妹七歲那年，某日下午蹲在廚房水缸前哭，直喊「肚子痛」「肚子很痛」。彼時父母都工作去了，祖母不知去哪。我給她吃胃散，在她肚臍塗白花油，但她仍是哭，後來滑坐地上，背靠水缸，雙手抱著肚子猛踢，踢掉拖鞋後，兩腳不停地蹭來蹭去。午後三點多的陽光斜進屋裡，我拐騙她，媽媽快回來了。她毫無停止哭鬧的跡象，哭得我很煩躁。我也曾肚子痛，吃藥散，塗白花油，睡個覺就好了，沒什麼大不了，妹竟哭成這樣。

當時我十一歲，感知生活困苦，母親不得不外出工作貼補家用，內心本就愁悶，現下又面對小妹無止盡的哭鬧，莫可奈何之下，忍不住訓她：一直哭一直哭，你是吃了死雞仔腸嗎？不哭，肚子會痛，哭了，還是一樣痛，那就不要哭了，知不知？

彷彿哭真的能減少痛楚。小妹撕心裂肺地哭，直到廚房光線漸漸隱沒，母親進門，見狀，趕緊叫三輪車送她去醫院。不久，只見母親一個人回家，妹闌尾炎緊急開刀，她回來準備住院事宜。我擔憂之餘，想起兩年前母親在廚房下腹疼痛，卻極力隱忍做飯燒菜，就醫時，闌尾阻塞破裂穿孔，造成腹膜炎，開刀住院十幾天仍未能恢復，虛弱得連拿衛生紙擤鼻涕都吃力，我幫她擦拭那一刻，好怕失去她。此刻我也害怕失去小妹，更對白日的責罵感到愧疚。我想好好彌補對她的虧欠，每天到醫院去探望，她仍是常哭，醫生擔心傷口裂開，於是以鐵夾固定傷口，我想辦法安慰哄騙，都徒勞無功。

翌日，三嬸的外甥女寶燕姐來我家，我想，她長我三歲，一定會講很多故事。於是，邀她一起去醫院。她講了什麼故事，已不復記憶。有一天早上，我學寶燕姐講故事給妹聽，她特別安靜，初以為聽得入神，但安靜得一點也不尋常。突然，她的眼珠子吊起來，兩手拳頭緊握，全身抽搐，緊咬牙齒，那真像是電視連續劇裡，人中毒後斷氣前的模樣。母親不知去哪，我驚嚇之餘，趕緊按了垂在床頭的紅色鈕……

由於小妹術後常哭鬧，影響傷口癒合，後來，肚皮爬了一條發胖變形的大蜈蚣。

多年後，我們聊起她的愛哭事，她都還記得。她認為童年愛哭可能是家中排行情結。妹上有二個姐姐一個哥哥，下還有弟弟，長男備受家人疼愛，老么當然得寵，她覺得自己像是多餘的，沒有人關注。有段時間，姑姑的朋友常來，對母親說家裡經濟不好過，有二男二女已經夠了，數度遊說不如把她送人當養女，她害怕又傷心，幸好母親沒答應。然後，說起她小二那年開學後不久，學校發下繳費三聯單，由於家裡五個孩子要繳的學費太多了，母親來不及籌錢，不敢再向鄰居借，打算去向阿姨借，要我們先上學。大家都出門了，唯獨她硬是要拿到學費才肯去學校，於是賴在地上哭，怎麼勸都不聽，哭得母親心煩，忍不住拿起竹枝抽打，打得她小腿滲出血絲，後來是爸爸拿藥膏塗抹她的傷口，哄騙她，騎腳踏車載她去上學。她說，那是她唯一被母親打的一次，也是唯一感受到父愛的一次。

父親的生活非酒即賭，日子向來逍遙自在，我們的成長過程中幾乎是缺席的。許是如此，我與兩個妹妹潛意識裡一直在尋求他人的珍愛，好填補生命中的空缺，於是對初戀者的追求愛慕，都像灌了迷湯，無法抗拒，同學還在讀大學，我們就步入婚姻。小妹最是不幸，闖進她生命中的男人是個渣男，凡識者，皆訝異怎有女人願意葬送自己，還有人說他娶了妹妹，根本是撿到的，莫不急急苦勸。妹心裡清楚明白，卻還是沉迷愛戀，無法自拔。母親苦惱，求神問卜，連神明也反對，給了一支下下籤。然而小妹依然堅持她的選擇，母親看她神情終日黯然，日益消瘦，擔心她想不開尋短，只能祝福。

在她婚禮前一天，我仍力勸。然，換來淚水與無言，沉重鬱悶的空氣，讓彼此隱隱有了距離。氣極，狠話告誡，日後遇到任何困難自己想辦法解決。

婚後，妹妹向我們借錢購屋，為了繳房貸，白天任職幼稚園主任，晚間到診所兼職掛號批價作業，假日到陶藝班幫忙燒陶。男人從事房仲，但公事包提了，總往電動玩具店去開發客戶。妹一人揹起所有家用，連生養小孩都不敢奢望，她默默承受許多艱難，回家從未見愁苦怨懟。我心疼悲憫，腦海裡常不自覺就浮起袁枚祭妹文文末「哭汝既不聞汝言，奠汝又不見汝食。紙灰飛揚，朔風野大，阿兄歸矣，猶屢屢回頭望汝也。嗚呼哀哉！嗚呼哀哉！」這般聯想對妹實在殘忍，但管不住大腦裡的額葉啊。或許不知所以，只好致祭那比死亡還沒有希望的婚姻？

小妹的日子有時也教我想起過往。自懂事起，父親在發薪日那天總是凌晨才醉醺醺進門，交給母親的薪水只剩幾張鈔票，翌日母親拿去還米店，還菜販，沒幾天又重新賒欠。母親默默推著那顆荒唐的大石頭到山頂，看著它往下滾，再往上推，如此不斷循環。我曾怨她懦弱，不吵不鬧，只會流淚歸諸她上輩子欠的，今世要甘願還。小妹不也默默推著一顆大石頭？我數度勸她離婚，她不知如何回答，往往嘴角勉強往上一咧，笑容比哭還令人心酸。母親則說，婚姻命中註定，勸和不勸離，打破人家姻緣七世窮，要我別造業。

好吧。算了。

有一天，小妹去銀行繳房貸，行員告訴她無需再繳。她一時聽不懂，再問。「房子已經在別人名下了，以後不用再繳貸款。」她瞬間全身顫慄，回到家，重新思考自己的未來。我聽聞，興奮地以為這是一道神諭，感謝歲月惠人，十幾年的見識重新托起妹妹。

母親最後一個知曉小妹離婚，以為她難以接受，卻說，這樣很好，回家和我作伴。

幾年後，妹生命中出現第二個男人。「前夫」這詞都讓人感到噁心，「妹婿」二個字，終於得以輕鬆自在說出口。

日前，與妹在家午茶，談著談著，又談起往昔，她說起過去沒讓家人知道的事：有一天晚上，診所下班，下大雨請男人來接，男人說要去簽約，晚點回家，妹納悶，都已是資深業務，天天說要去簽約，怎從未聽說「冒泡」？於是，鎮上的電動玩具店挨家找。果真在一家遊藝場的炫光遊戲聲中，瞧見他一手抓著電動遙控器，一手從桌上一個鞋盒大小的盒子裡抓起一把又一把的代幣，嘩啦嘩啦全餵進機台。一個代幣十元，那些代幣要兼差多久才賺得到？那聲音讓她耳朵發脹，心在滴血。她淚流滿面勸他回家。他說好。真的一起回家了。但半夜醒來，人不見了，通宵打台子去了。

妹說，當時每個月最怕接到銀行催繳房貸的電話，到後來乾脆不接，也多次偷偷挪用幼稚園公款，等發薪日再補回，日子永遠捉襟見肘，大樓電梯壞了，沒錢繳維修費，無臉見人，為求心安，上下五樓住家只好步行……

當初怎會嫁給那男人？可能是生命中缺少關愛與呵護，而他巧言，加上不喝酒，就算喝了也不會瘋瘋癲癲，比爸爸好多了。妹的一番話，令人不勝噓唏。我不免想起當年也因先生沒有父親的影子，便以為值得共度一生。我們各自以父親作為擇偶的參考範本，看不到本質，婚後又不自覺地以母親作為人妻的榜樣，內心憤怒，凡事隱忍，等明白了，都已半白老婦。

日光西斜，妹的臉亮晃晃的，突然想起余秀華在〈離婚一周年〉的一小段話：「喜歡把一件東西用到不能用，而婚姻好多年前就不能用了卻偏偏用到如今的一個馬桶。」

行過冬螺圳

去全聯超市購物，一如往常，車停娘家稻埕，刻意從橫在稻埕尾的一條小路，「逆流」緩步行去，像是一種信仰。

小路曾經是一條水圳，後來崁蓋，鋪上瀝青。「後來」是什麼時候？沿著時間軸努力回望，一片茫然。水圳如何離去，毫無記憶，是她行色匆匆，還是我？倒是路旁那棵龍眼樹猶在，每年農曆七八月，果實纍纍依舊。記憶深刻，童年時，樹下有座簡陋奉茶亭，祖母日日清晨燒一大壺麥茶，親自提到茶座上，又在茶嘴扣上一隻印有黑松沙士字樣的玻璃杯，寒來暑往，始終沒有間斷，逢大熱天，路過者飲用，加上戲水的孩子解渴，不到中午，一壺茶就見底了。七月鬼門開，稻埕裡的朱家阿公就在龍眼樹旁架起「普度燈」，幫「好兄弟」照明道路，這時，大人也開始禁止小孩玩水，但，水圳兩岸多處綠竹叢叢，濃蔭交疊，在溽暑及秋虎時節，水裡只篩浸幾圈日光，誰家孩子不想跳入沁人心脾的水裡玩？

陽光融融，我不斷在今時空間座標投影過去，非但不焦躁疾行，步子又更緩了。右邊這排老公寓以前是水圳西岸，和稻埕裡的人家隔水相望，稻埕裡的大人小孩常「抄近路」，從東岸浣衣的大石板下水，爬上對岸，再到岸邊一間矮厝買烤番薯和烤玉米吃，販賣的女孩與我年紀相仿，她的家附近有間宮廟，廟前野台戲上演時，賣叭ㄅㄨ的、糖葫蘆的、棉花糖的都來了，附近居民也會扛著凳子去看戲。我也愛看戲，有時自己去，有時和阿嬤一起抬長椅條去，而後台戲班子化妝、打牌、吃麵吃便當、手托乳房哺餵嬰兒種種，都比台上好看許多。宮廟附近大片荒草未闢，過貓也很多，莖短，淡青捲曲最好吃，常常是我們家的桌上菜。

過了老公寓，短巷排屋，處處違章，一棵高大的櫻花樹枝椏自圍牆斜出，初春綻放，可供抬頭，凌亂的景觀中，勉強得一好景。行走至此，常不知不覺就走入某個夏日午後。彼時，我和妹妹帶竹篩下水摸蝌仔，一隻水牛正安安靜靜蹲伏在水裡。我幫他潑水沖涼，與他對望，那兩排密密長長沾著水珠的睫毛下，眼睛潮潤，閃著溫柔又慈祥的光。也許那雙眼眸，也許是炙陽下田裡的勞動身影，我長大後常有機會吃牛肉，卻始終無法下箸。

這段水圳，兩岸綠竹外，路旁也是茂密高大的竹林。小學防空演習，高年級師生都躲藏在這段綠色屏障下，空襲警報解除前，我們就在樹下塑泥人、玩石頭，或以竹葉摺公雞。時移歲遷，先人千辛萬苦挖的渠道被填，成排成列的住屋占了路面，無怪乎當年河身寬大，且竹蔭下納了七八百名學生，如今卻不容兩車相會。

喜歡佇足左邊一棟寬大的三樓獨棟住宅旁，看看陽台晾的衣物，想像家庭成員多少及年歲約莫。這裡以前是一排開滿扶桑花的綠籬圍起來的三合院，那是英蘭阿婆家，她身子削瘦，後腦杓盤了一個圓圓的小髮髻，腳步輕盈，任我們屋前屋後穿梭，從不趕人，是水圳沿岸唯一不罵小孩的老人。

過了英蘭阿婆家，左右兩邊田疇廣沃，一望無際。我和妹妹曾在那兒遇到一個農夫，一肩扛鋤頭，另一肩扛著大黃狗，我們好奇，跟著他往上游走。來到一座老舊的竹編橋，橋下水深湍急，三人小心翼翼前行到對岸一叢竹林下。那人放下狗，拿起鋤頭開始掘土，我這才發現原來狗已經死了。農夫埋好狗後坐在樹下休息，忘了我們講過什麼話，只記得日光偏西，天很藍，風很涼。疏曠的田野上，幾隻鳥飛起，往遠處村落飛去。不知為何，在我步入初老後，這般遼闊的景致、農夫和大黃狗，多次在我深夜失眠時，以高畫質清晰影像，在黑夜中播放。

陽光成塊成束灑落雜亂的住宅區，經過了新建的三樓透天厝，來到車潮川流的純精路上。我站在超市前，再次向對街丁字路望去，凝視兩排大樓之間那座藍色水圳頭。先前常想，那裡是否曾經有個大水塘，是我童年時採野薑花，看男生釣魚之所在？有一次購物後回家問母親，她說怎知我們小時候去哪裡玩，反正廚房煙囪冒白煙，我們就知曉回家洗澡吃飯。我在群組問弟弟妹妹，都說是，妹又說，現在還有淺淺的水流喔。須臾，母親突然說，那時你們去玩水，我怎沒想到水閘門若打開，水急，會沖走人？都已半個世紀了，母親才想到瞬間滾滾洪流的可怕。憾事未曾在稻埕裡發生，倒見過鄰居小小孩滑落水裡，載浮載沉，飄啊飄。我們在水裡追不上時，大聲喊救，有人去找大人幫忙，有人趕快上岸跑到前頭再下水接住。小小孩救上岸時，通常臉色蒼白，驚慌，瞬間才嚎啕。待傍晚，他家阿嬤就備妥香和四色金帶孫或孫的衣服到水邊收驚。

水圳源於地下湧泉，沿著幾個零散的小村落流淌，穿過田野，穿過茂密的竹林，流經稻埕尾，經過三戶人家，轉個大彎，再繞過稻埕裡幾戶人家屋後，一路往東流去，最後注入冬山河。稻埕裡的朱家阿公在他家屋後岸邊種了一棵蓮霧樹，蓮霧成熟的季節，弟弟常和幾個同學相約下水，有人在上游撿石頭投擲，有人在下游負責打撈「獵物」，然後，上岸一起分吃，吃完一起射尿尿，比賽誰射得遠。聽弟弟說，有一次朱家阿公正好站在屎礐仔坑旁，發現他們偷蓮霧，怒斥「死囝仔」的同時，抓起糞桶上的扁擔，跳入水裡，爬上岸，一路罵一路追，追不上，氣得把手中扁擔當標槍投擲。

蓮霧樹旁搭了瓜棚，瓜棚下有一塊大水泥板，我和母親貪涼快，常一起跪在那兒洗衣。洗自家人和別人家的衣服。一大桶衣服裡每天埋了嬰兒尿布，尿布打開，往往一坨鮮黃。我們先在水裡把尿布甩乾淨再抹肥皂搓洗。下游玩水的孩童見漂流物，必相互通報「炸彈來了」快逃。洗衫褲的，也得眼明手快，要不，就像我祖母，有一回衣物洗淨晾晒時才發現「蛋花」。

深夜，沿岸住戶掏舀糞坑的屎尿，亦是全交託水圳消化，一條健康的腸子般，白天又是清澈明亮的水流，蹲跪洗滌衣物竹篩米籮的阿姆阿嬸照樣洗，釣魚抓蝦摸蜊仔的男孩女孩照樣玩，而我摸來的蜊仔，靜置一天，吐淨沙，祖母就拍蒜頭切辣椒加醬油醃鹹。鹹蜊仔既開胃又下飯，全家人都愛。

這條生猛的水圳也是我們村子與羅東的邊界圳，我家往馬路方向行去，出巷口約七八十步就是橋，過了橋就是羅東。正月十三關聖帝君生日，村子大拜拜，遠近親朋大人小孩全員到齊，家裡椅條不夠，祖母就去羅東借。

春來秋去，玩水的孩子一個個來到不再玩水的年紀，傳統糞坑也早已改建成沖水馬桶，田野間紛紛開膛剖肚出一條又一條的道路，長出一排又一排的房子，水圳漸老漸衰，殘留在腦海裡的最後畫面定格在屋後，岸邊砌石爬滿福壽螺卵，水流有氣無力，分不清漂流物是骯髒的水草，抑或黏著雜垢的灰色棉條。往昔飄忽，再回首，環抱稻埕六戶人家的水圳已完全隱身。滄海桑田尋常事，無須喟嘆。

老來愛提從前，向孩子描述童年往事，往往從那條水圳開始。與妹妹同行小路，總滔滔不絕，像引領外地人漫遊走讀，忘了她也是往事之一。所幸全聯超市對面那座藍色水圳頭猶存，得以做為我尋找水路的參考座標，而超市附近，文化二館池塘邊的野薑花彷彿是稀有植物般，只可聞香，若摘採供瓶，難保不被拍照轉傳，受輿論撻伐。

我祖母過世那年，我已是小學老師，司公仔說要「請水」回來幫祖母淨身入殮。但水圳不見了，到哪去請？司公仔說意思到就好，要我在陸橋頭先放一盆水後再去請。車來人往中，我在左邊橋頭放下一盆水，這才發現橋頭已風化成一顆石頭，而右邊橋頭早已不見了。

全聯購物後，「順流」回娘家，母親給我一包過期餅乾，說鳥也愛吃餅乾，要我帶回家剁碎撒在草地上給鳥吃。稻埕裡沒有麻雀了嗎？一隻也沒有。我這才想起小時候常拿臉盆去捉麻雀，男生則拿彈弓，沿著水圳射斑鳩。一切都消失得那麼自然。母親的敏銳與柔軟教我說不出丟廚餘桶就好，於是收下，放進包包。

回家後，一時興起，去圖書館翻閱鄉誌，企圖從影像資料追憶水岸邊的人文風景，然而奔流過我童年的那條水圳只剩一個名字「冬螺圳」，還有一串史料與水圳長度、灌溉面積、每秒平均流量等等。歷史與數字帶來知識，啟發諸多想像，卻撫慰不了童年的鄉愁。臉書見過張照堂老師為淡水留下許多黑白老照片，我總是一邊欣賞一邊想，如果我的童年裡，也有個張照堂多好，相信他也會把水圳的許多美好剎那化為永恆。

落寞之餘，又想起幾個月前，我回娘家吃飯，飯後收拾碗筷，母親捧著一隻碗推門而出，我問去哪，她說碗裡有剩飯，要給魚吃。哪來的魚？圳溝裡的魚。我跟出去，母親停在龍眼樹前一塊格柵板水溝蓋旁。我低頭細瞧，泥沙淤積，彷如死水，淹不過鞋面。原來母親心中的水圳還潺潺而流。

過年

時不時就去翻翻日曆，還有幾天過年呢？

母親開始忙大掃除了。她以肥皂刷洗木窗，拿炭灰混合粗糠刷桌子和長椅條，積累了一年的髒汙，頓時清理得乾乾淨淨，木質纖維如針尖可數。出日了，就趕緊晒棉被、漿洗被單，處處是尿印子的棉被吸飽陽光，每條被單平挺清爽，晚上鑽進被窩，好暖好香。

我家牆壁是牛糞摻稻殼糊的，飯桌靠牆那面，有鉛筆蠟筆自由畫，還有不知是誰摳挖出兩個手掌大的竹編夾，但無妨，新的春牛圖、舊月曆風景照、明星照都是最好的壁紙。

然後，各家竹竿掛上一條條吹得鼓鼓的腸衣。待腸衣乾了，大人開始灌香腸，殺雞、蒸年糕、燻豬肉。住稻埕尾的坤耀伯，他家更熱鬧，許多人找他寫春聯，桌上一碗公墨汁，毛筆幾支，一字兩字、五字、七字的，菱形、正方形、門心、橫批、框對，四處鋪排開來。

盼啊盼，總算把年盼到了。期間，我們兄弟姐妹身上的新衣通常都是從表姐汰換的舊衣中，衣況較好的。如果制服太小了，就上街買件袖長褲長的來穿，來日長高剛好合身。至於鞋子，一年一雙六十元「假皮」的皮鞋讓我們徹夜歡欣，有時，剛好木屐磨壞了，外加一雙新木屐。兩雙鞋年未到都捨不得穿，卻又很想穿，於是，在木板床上走來走去，有時，忍不住穿下床，沾了灰塵，手帕沾口水擦乾淨，再收起來等大年初一穿。

年夜飯後，年的氣氛更濃了，隔壁阿叔迫不及待拿出大碗公和骰子，各家阿伯阿叔紛紛聚攏，賭桌圍觀者摩肩引頸下注。四顆骰子握在莊家手心摩搓一陣，然後放手一擲，「十八啦」的叫聲中，「ＢＧ」齊聲來唱衰。其他人家，有的麻將，有的天九，日夜奮戰，直到初五晚上才休兵。其間，吃飯時間到了，東家女人自會準備，待戰局告一段落，招呼吃飯，然後繼續開打。不過，母親仍餐餐要我們去喊大人回家吃飯，有時運氣好，還可以分到五角一元。

大人玩，小孩也玩。我們收到的紅包，其中五十元可以自由使用，其餘的初二或初三初四全數交給母親。我們玩「撿紅點」、「十點半」，有時也去糖果行買芒果干來賣，買「戳戳樂」或「抽紅包」來賺錢。「抽紅包」容易作弊，獲利最高，只要將籤貼著燈炮，找出大獎十元和二獎五元，自己先抽掉。

正月初一大清早，地主阿盛阿公會打開唱機，播放「北管十音鬧廳」迎神，一年唯一的一天，在鞭炮聲中放送，冀望全村全鄉都聽得到，一唱唱很久，完全聽不懂在唱什麼，我和妹妹一致認為那是全世界最難聽最吵鬧最俗氣的音樂。通常就在此時，大人小孩，外出工作返鄉的幾位阿叔，穿著新衣新鞋，陸續在稻埕上穿梭往來互道恭喜。

跛腳獨居的正記阿叔，平日面容骯髒，穿著邋遢，一雙夾腳橡膠拖，十隻杵狀腳趾頭老是沾著汙泥。過年這一天，換了個人似的，頭髮分線，抹得油亮亮的，一身米白西裝，內搭紅襯衫，鮮黃大喇叭褲，亮晶晶的皮鞋，從他家哼著葉啟田的閩南語歌，瞇著眼睛，頭仰得高高的，穿過稻埕上街去，非常神氣。

初二，大姑二姑回家作客。舅舅阿姨們陸續來拜年，我端茶，然後畏縮害羞躲進廚房，直到他們離去。母親也會在初五前帶我們到阿姨舅舅家拜年。我們把親戚送來最喜歡的「等路」藏起來，再依序送出心中排名最差的。有一年，禮盒送來送去，結果，回到原主人大舅手裡。

一年又一年，對過年漸漸無感。成年後的年，參加同學會、約會，餘，竟是一片空白。

嫁做人婦，不久購屋，婆婆搬來同住，過年有她撐著，我只管在一旁當「水腳」。

年年除夕夜餐桌上加總十二道菜。其中，滷蒜仔是婆婆的最愛，家人也都愛吃。每次關掉瓦斯後，婆婆等不及就先夾起稀巴爛的蒜仔，吹涼，吃進嘴裡，邊吃邊說，呵，勁香，蒜仔就是要滷得爛爛的才好吃，然後，一口接一口。年夜飯時，婆婆一如日常，飯添得尖尖的，一碗又一碗，大口蒜仔，大塊肉大碗湯。蒜仔很快就被她吃光了。

初二，大姑小姑兩個姑丈，還有他們的兒媳孫子女婿女兒外孫等等，全都一起回來作客，滷肉重新鋪滿新蒜，餐桌上隆重澎湃。大人圍坐餐桌，小孩去客廳，沙發矮凳地板隨意坐。吃完飯，飯桌速速清空展十胡仔，婆婆和大姑不識字，俥車傌馬炮包毫不含糊。

後來婆婆中風，農曆年未到，我就隱隱焦慮起要採買什麼年貨，要怎麼祭拜，年夜飯要煮什麼？備妥筆記本，一一列出清單，忘了或不懂的就問母親，及早採買。

當日一早，水煮蛋十二顆，蛋熟了，浸泡冷水，小心翼翼地剝，卻還是連蛋白一起剝下，蛋身坑坑疤疤還能滷，蛋黃破了會糊了滷汁。豬肉與蔥薑在炒菜鍋翻炒過後放入大滷鍋，一杯醬油半杯酒五杯水，投入水煮蛋，最後放一大碗公婆婆最愛吃的蒜仔。為免手忙腳亂，一早預煮蘿蔔湯，母親說蘿蔔要燜煮很久，直到顏色轉赤，這樣不但不會「寒」，還可以補身。然後是蒸香腸、做西魯肉，餘，香菇蝦米泡水，魚抹鹽放冰箱，長年菜、高麗菜洗洗切切，一樣一樣流理台上排排站。還有白斬雞、膽肝……

依循婆婆慣例，年夜飯菜要準備十二道。我神經質地屈指數算又數算。午飯後，小憩，脫掉外套，穿戴廚房圍裙，開始揮鏟甩鍋，終於變出十二道菜。

過去壯碩大聲嗓的婆婆，生病後衰頹安靜，我說起除夕，她似知似不知，餵她吃食，一小匙一小匙，滷蒜仔也已從她的味蕾記憶中消失，不到半碗就搖頭。

過了除夕，開始焦慮初二姑姑們回家作客事。家裡的電子鍋飯量恐不夠，還好，小妹在家先幫我炒一鍋米粉，還送來幾樣小菜，也順理成章被我留下來當「水腳」。吃完飯，飯桌速速清空展十胡仔，婆婆坐在一旁發楞打呵欠，吃、碰、槓與她的生命全然無涉。

一年又一年過去了，我做年夜飯已屬從容，蒜蓉醬油一道，飯也算一道，若不算，十也是吉數。年初二，大姑小姑們好款待好餵養，桌上菜七道八道十道都好，即便一鍋地瓜白粥，菜脯、豆腐乳照樣吃得嚇嚇叫。

然後，年初二的餐桌上，我的婆婆永遠缺席了。

先生一早交代，也說了不曾說過的話：滷豬肉時蒜仔多放一點，蒜仔滷爛勁好吃，咱母啊最愛吃。

席間，眾人吃飯夾菜，大姑談起婆婆吃飯吃蒜仔時的樣態，小姑還學她急要吃又怕燙，嘴巴嘟得尖尖，認真吹涼的吃相。吃的談完，又談起婆婆年輕工作時，兩腋下各夾一包水泥上鷹架，領的是男人工資的強大本領。不知不覺，蒜仔已被撈光。

往後的年，餐桌上的關鍵字都是阿母、滷蒜仔，還有水泥包。

後來流行餐廳圍爐，訂年菜，但我仍喜愛在天色轉暗時，看著擱在窗口的手表，高喊看電視的家人幫忙把菜端出，然後全家人圍著十二道菜吃年夜飯發紅包收紅包。

至於初二做客，大前年起，先生跟風改在餐廳宴請姑姑兩家人和女兒一家人。桌上沒有滷蒜仔。

不知何時起，很不喜歡過年。

彷彿才剛過完年，怎麼又要過年。文化局又寄來十元硬幣生肖紀念紅包，今年龍年主題是「好運龍來」，我找出收藏的歷年紅包，二〇一二年主題是「大家龍贏」，二〇〇〇年是「祥龍獻瑞」。不知下一輪的龍年紅包，要龍什麼，而我大概已是老態「龍」鍾。

去年今日猶在眼前，上一紀年彷若昨天，忽有蒲島太郎仙鄉一日之傷感。

過日子比過年重要吧，過什麼年？阿琴嬸和老母都九十了，這幾年無法再提重爬高，仍是閒不住，一條抹布東擦西擦，照例相互關照大掃除進度。我輩時興臉書成果貼文，心志不堅一點，就跟著瘋打掃。我和大妹常談起，一年三百六十五天，為什麼非得在過年前又濕又冷的天氣裡大掃除？若是陽光露臉，外出晒晒人，吸收維他命 D，比晒東晒西更重要吧。嘴裡如是說，無形的壓力依舊教我從眾。我鎮日擦擦洗洗，待收工，手臂痠中帶痛，痛裡發痠。醫生說，腕隧道症候群。

大掃除後，差不多要採買年貨了，媳婦看我東市買雞西市買魚，用「心臟特別強」來形容她母親都是除夕當天才開始採買。親家母實在鎮靜，也理智過人，能認清這時代要什麼，超市有什麼，不必去市場人擠人。同是腳跨傳統與現代的主婦，仍以為冰箱要儲存適量的食材才踏實，於是，又上街了。

小年夜，電腦手機頁面開始湧出一望無際的恭喜貼圖，有一年，我從臉書和LINE神隱到初五。今年，同事的臉書大玩ＡＩ虛擬化身，好奇跟著玩，歐日韓風、東南亞風，我瞬間生成美少女，自戀得每張都截圖存檔欣賞。

往年吃完年夜飯，娘家稻埕已塞滿了車，這幾年，賭桌日夜奮戰的，一個個病痛、破敗、凋零，從娘家客廳望向屋外稻埕，冷冷清清，清清冷冷，許久才晃來人影一二，落得一片灰撲撲真乾淨。

時光飛逝，物事不斷消失，稻埕上的老人只剩我母親和阿琴嬸，正記阿叔十幾年前也因病過世。這些年過年坐在娘家客廳，望向阿盛阿公他們家，無端端就想起那個老唱機裡轉動的十音黑膠唱片，當年嫌吵嫌俗，如今已理解那是唱腔高亢的迎神樂音。

我企圖搜尋當年的聲音，上網打出關鍵字「十音」，北管〈鬧廳〉不是，南管〈風打梨〉也不是，卷軸繼續往下拉，都不是，最後出現日語五「十音」。笑一笑。算了。

掃QR CODE

祖母過世三十幾年了，至今仍時不時想起她。

小時候祖母常把我喊到身邊，要我坐在矮凳上，頭側枕她大腿，說要看看我耳朵乾淨嗎。她從頭上拔下一根髮夾，輕調我的頭，先在外耳溝慢慢摳，然後輕摳耳壁。她一邊掏耳屎，一邊叮嚀：耳朵要掏乾淨，老師喊才聽得到。老師喊，要說「有」，知否？然後，不多久，聲調不一樣了，像是在耳朵裡發現一塊黃金那般誇張：「啊，挖到了，喏，這塊不知道有幾斤重，等下秤秤看。」

一路讓祖母掏耳朵長大，可長大後的我卻沒有耐心張耳聽她說話，每每她對我抱怨過去，我總是眼睛看著電視，嘴巴嗯啊以對。直到某日祖母進醫院了，不再說話了，我開始用心對她說話，可她只會搖頭，我買她愛吃的肉圓，她還是搖頭。我日日流淚，直到她雲遊另外一個世界，許多年了，有時在安靜的午後，有時在某個熱鬧的街口，突如其來就閃過祖母的面容，我依然忍不住就滑下思念的淚水。

娘家每年掃墓，我都一同前往，大家齊聚祖先墳前，談起他們生前。祖母的話題最多，她愛看戲，談古說今，連罵人都能融入戲詞。比如，早年罵父親罵叔叔「叫你做事，桃花過渡；叫你吃飯，武松打虎。」罵我們貪玩，便借用薛平貴在西涼國的生活，說我們一整天在外「跑馬射雁」。

祖母口才這麼好，當職業媒人婆再適合不過了。我小時候，家裡經常有人上門請託說媒，陽婚冥婚都有，她憑著資料配對說媒。有一回，請說媒的說屬龍配屬虎不好，「龍虎鬥，新娘半暝爬起來哭」，祖母便善解成「龍虎會，天賜良緣無地找。」後來，果然成就了一個美滿的家庭。

我鄰居阿嬸、我母親，都是祖母說媒嫁進來的。及至當年我有男友，祖母年紀已大，早不再替人作媒，她仍各方探聽，最後放心告訴我：未來的親家公親家母是老實人，他們家有兩分多田地，不過，別煩惱，田地由別人耕作，嫁過去不用下田。這倒也讓我想起鄰居阿嬸至今仍怨我祖母當初到她家說媒，只提男方家境好，不愁吃穿，至於田有二甲，隻字未提，害她做得要死。

日治時期，祖母常揹著我小姑姑，牽著我父親的手，到處賣布、賣針線來換取食物，行腳遍及小埤仔、大埔、蚊仔坑、二萬五仔等地，那些地方離家大約八、九公里遠，很荒僻，處處山彎溪流、石礫、沙埔地，行走困難，曾經夜行墳區，也曾經疲累隨處夜宿，有一次遭藏在香蕉樹裡的鬼騷擾，她心知肚明，告訴對方說，我只是個賺吃人，拜託不要來糾纏，鬼，果真不找她麻煩。

關於祖母的童年，她行過的鄉野，她當媒人婆幾十年遇上的種種故事，好多好多值得我聆聽書寫，然而，往者亡矣，從母親那兒追來的模糊、有限。

幾年前，我夢見自己走在一條像是早市的街道上，路中央長長一排各式小販，行人在兩側路肩來來往往，忽見祖母悠閒迎面而來，她穿著平常，是我見過的夏天白底藍碎花棉布衣褲。我喊她，她沒有回應，我忽然察覺自己似乎走進一個異次元空間……

這幾年，有些縣市在清明時節推出線上追思祭祀平台，只要輸入先人姓名，即可選擇宗教場景，進行追思祭拜。我天馬行空幻想，如果這些平台，連結了現實與3D異次元空間，還可以看到逝者生活景況的三維或四維CODE，那麼，我只要拿起手機一掃，再戴上VR眼鏡，見了我祖母，告訴她，我有多麼思念她，多麼想好好聽她說話。

有件事早已淡忘，突然想起。

多年前我剛進夫家，祖墳打算遷移，地理師和工人從祖墳裡挖出十個骨灰甕，骨骸一一撿出後依名字分排在墳前，我和先生邊聊天邊以衛生紙擦拭、晾晒吹風。兩人恭敬小心，說著說著，我發現好像把其中兩甕的一根骨頭相互錯放，怎辦？地理師說沒關係，讓他來問，於是掏出兩枚銅板擲筊。是聖筊，沒問題，但聖筊機率二分之一，我不得不懷疑真的都正確歸位了嗎？只是往後身體健康，出入平安，也就不以為意。當年不安，此時若能掃QR CODE一併問問祖先，順便道歉。

我本就相信量子力學證明的靈魂不死之說，也見識到我同事的靈異體質，她大白天逛街有時可瞧見衣著悉如前朝者，穿梭街上，蹲踞路邊。她爸爸過世後，常回家，家人見她與空氣聊天，早已習以為常。死亡是肉體衰敗，魂魄離開，往另一個世界行去。但那是什麼樣的世界？在哪裡？西方極樂世界，天國，三十三重天，抑或地獄？

不論死後去哪裡，我以為那是一個異次元空間，就像桃花源記裡那個武陵漁人，偶然間闖入一個世外桃源，再次回到現實生活時，桃花源已經不見了。如果那個漁人及問津者都戴上VR眼鏡，QR CODE一掃，或許就能重返。

這七八年來清明掃墓，每次除草，我與先生就會重複著年年一樣的話題：「墳前有裂縫，該找各房商量修墳。」這三年來又多了一個話題，祖墳在山坡上，我輩病的病，老的老，爬坡掃墓有困難，外縣市晚輩已漸漸不回來掃墓了，我們家沒有男孫，掃墓祭拜會不會後繼無人？是否要問問祖先，把骨灰甕遷到納骨塔，至少塔方會定期舉辦法會。

到底是祖墳，睡在底下的都是未曾謀面的老祖先，情感不似父母，處理起來實在太麻煩了。還有，這房與那房久結嫌隙，還有，現實問題「要花錢」。但，把問題留給下一代嗎？我於是提議，請先生擲茭問祖先，哪一房經濟有困難，我們來負責。我小姑說，不行不行，日後發生什麼事，說你破壞風水。於是，此般話題，掃墓後回家大概討論三五天就又無疾而終，待翌年清明時節繼續提起。

修墳或遷塔事若能掃CODE，祖先發言，誰敢不從，想必早早解決。

公公婆婆的骨灰在二樓塔位，不同時間購買之故，同一空間不相為鄰。我好奇他們生前像冤家，死後不知是否仍是死對頭，也許掃CODE關心一下便知。

羅葉老師塔位在五樓，他是我二十幾年前在羅東社大寫作課的老師，每年清明我去祭拜公婆後，就去和他聊聊寫作近況，若文學獎獲獎或出書，分享好消息之外，順便讀幾段文章給他聽。如果掃 CODE 能見見老師，他一定很高興我的進步，說不定也會與我分享他的新作，讀幾首詩給我聽。

阿莫

同事家的新生犬混種米克斯，不及我手掌大，成為我們家人時，起名阿莫。時值暑假，姪兒即將成為小一新生，往後若有人問起阿莫幾歲，我慣以姪兒學齡來斷代。

初始，阿莫可能找媽媽，整日嚶嚶不安，白天安撫，晚上只好讓她進房間一起睡。先餵鮮奶，再學吃罐頭、飼料。幾天後，勉強站立，搖搖晃晃跌跌撞撞，一團毛茸茸的黑球，在屋子裡滾來滾去，挺可愛的。某日，突然發出第一聲汪汪，先生興奮極了，他說，阿莫已經會吠了，可以看家了。然而，東西亂咬，看來還頑皮欠穩重，直到一歲左右，她才移居陽台小木屋，以繩練栓綁在木屋旁置物櫃櫃腳，此後開始負起看門顧院之責。

豈知，沒幾天，阿莫不知哪來的蠻力，把櫃腳給扯斷，於是，重新綁在空心磚。空心磚雖空心，可是比實心紅磚重許多。又過幾天，阿莫竟拖著磚在陽台行走六七公尺，並跳下二十公分高的台階，連磚一起來到花圃旁。安全起見，我們又加了一塊空心磚，這才把阿莫給鎮住。

阿莫很快就適應戶外生活，但有一次深夜吠聲不停，我和先生，推門四處巡視，然屋外無啥異況，但她持續亂吠，對著地面吠，並無故跳來跳去。須臾，我總算明白，原來是日農曆十六，地上貼著一隻比她形體大的阿莫。

還有一次，深夜十二點多，我正準備上床，阿莫狂吠，下樓開門一看，這回對著小木屋又跳又吼。睡覺吧，你怎不進去？難道蛇溜進去嗎？我倒退幾步，終究鼓起勇氣查看究竟，不禁噗哧一笑，我把小木屋抓起來回晃幾下，一會兒，小屋裡飛出一隻螢火蟲。

經過二件荒唐夜吠事後，阿莫長大成熟許多，看門盡責，吠聲有別，「汪」「汪」，短而脆，是歡喜家人回來的招呼聲。非家人則連續「汪汪汪汪」，急促中可聞憤怒，連圍牆外農路，有人暫時停車，亦跳叫驅趕，直到人家把車開走。若是陌生車子開進院子，她幾乎忘了被栓綁，瘋了似地衝向前，半空中又被繩練扯回，再衝，就要掙脫鎖鏈般，直到客人下車進屋方才安靜下來。對待我母及兄弟姊妹依然，我常忍不住罵她幾句：笨阿莫，這是阿嬤，這是阿姨，這是誰誰誰，到現在還不認得嗎？五年前媳婦進門，連著半年多，下班後幾乎天天帶好料回來給吃，阿莫搖尾巴吃完，翌日依然不當她是家人，使得媳婦十分沮喪，宣布彼此無緣，再也懶得費心討好。

某日妹妹來訪，阿莫狂叫，她故意靠近用力跺腳，伸手作勢要揍她，並喝叱「叫什麼叫」，豈知，她瞬即啞默，頭一縮，速速鑽進籠子裡。妹妹消遣阿莫根本是虎皮羊質，我回以有何關係，外人以為她是虎就好。妹妹還說她很歇斯底里，胡亂叫，實在神經質，我則辯稱那是忠心護主愛家顧家的表現，直到有一回阿莫掙脫鍊子，衝到路上追逐機車，任憑我怎麼喊，都不理睬，至多回頭看我幾眼。那一刻，頗氣餒阿莫如此不受教，也懷疑她的忠誠度，與此同時，更擔心車主為了閃躲而跌倒受傷，抑或汽車輾撞了她。

我開始檢討，何以阿莫脫韁之後，完全不理睬我的喊叫，在外野得心甘情願了才回家？請教經驗豐富的養狗人士，原來是長年關在小木屋，散步也只是在院子裡，少與外面人群接觸的緣故。於是我們嘗試白天帶阿莫外出散步，晚上關上院子鐵門後，鬆開鍊子，讓她自由活動。

農路散步初始，她興奮過度，拉著我跑，鄰居一位狗爸笑說這是狗在遛人，建議我縮短頸繩，讓她與我同行，一超前就伸出腳阻擋警示，幾次後阿莫果然還我主權，換我遛她。然而，我不似有些狗爸狗媽愛毛小孩愛到心坎裡，每天照三餐散步，雨天依然，一個撐大傘，一個著雨衣，有反光條，且時尚得可以上伸展台那種。我是懶主人，通常傍晚農路一大圈，興來再「跨區」，就覺得自己也是不錯的狗媽了。

有時很想獨自慢跑，然而，每當我坐在鞋櫃旁穿布鞋時，阿莫看著我，以為要帶她去散步，興奮地搖晃尾巴，而我狠下心出門，她狂吠，吠得我步伐都沉重起來，後背穿心似地，回頭一看，那渴求乞憐的眼神，實在折磨人，只好投降返回，一起散步。

與阿莫散步途中，經常遇見狗爸狗媽，不免相互問起對方狗兒幾歲，阿莫七八歲時，我玩笑說她進入更年期。十歲那年，驚覺她的年齡已高過於我，忽然覺得我們走在兩條不同的時間線，我眼看著她吃奶，長大，將來也要面對她的末日，這樣的位置，彷彿我居高處，很無奈地俯視了她的一生。

就在阿莫十四歲那年夏天，我第一次面對她即將離我而去的事實。那日清晨，我發現她吃飼料時，頭歪一邊，模樣怪異，原來左臉頰腫了一大塊，羅東就醫，說是被毒蛇咬了，醫生說只有桃園某家獸醫院有血清。急急奔赴，一路上，我想起我家第一隻狗來福誤食農藥的那個傍晚，嘴角不斷流出黏稠的白色唾液，我和先生趕緊抱她驅車前往獸醫院，我哭著一家一家按「星期日公休」掛牌旁的門鈴，一家一家打電話，狗友一個一個詢問，最後，輾轉找到了五結一家住店共用的獸醫診所。醫生施打排毒針和強心針，先生靠在騎樓柱子猛抽菸，不到二十分鐘，來福急促的呼吸漸趨微弱，眼神衰疲，靜靜地望向我，醫生說她知道自己不行了，要我喊先生進來見最後一面……。

阿莫到院後，隨即住院，離開時，我多看她幾眼，摸摸她的頭，告訴她沒事，不要怕，自己卻害怕那是最後一面。所幸治療一星期後，平安回家。從此，阿莫不再夜放。

姪兒即將入伍，屈指一數，阿莫十八歲了，對照人類歲數，九十高齡。這半年來，她散步時，體力明顯退步許多，常聽她咳喘，像是什麼東西卡在喉嚨，我們慢慢走，有時才走四五十公尺，那一圈胸骨，隨著她的呼吸節奏而急促擴張縮塌，我多次跟著她的頻率一起喘息，想像她的痛苦，也停下來讓她休息，然後，順著毛撫摸她的頭，她的鼻梁，按摩頸子，搔刮下巴，她舒服得骨子都化了般，軟趴在地上。有一回，她靠近草叢，到處嗅聞，風來了，陰灰灰的天空下，幾朵蒲公英紛紛飄落在她身上，好美的景象啊，可是，片片潔白純淨中，卻散發出淡淡的悲傷氣息。

這一星期來，阿莫趴睡的時間愈來愈長，最愛的雞胸肉、荷包蛋也沒食慾，八哥飛來偷食物，吠聲無力沙啞，有時連吠都懶。先生見她年老體衰，日子不多，認為該解開胸背帶，還她自由，然屋後果樹數叢，院子裡的草皮不待春風雨露，以一眠一公分的速度成長，毒蛇陰影猶存，況且阿莫身體機能已不似從前，經常尿失禁在門口地墊，為此，與先生數度爭吵。

上個月開始給阿莫臥看護墊，但她有時還是爬起來躺在地上，因此每天一早常常側腹和後腿淌著尿屎，我得燒兩大鍋熱水幫她洗澡，水龍頭在院子圍牆，只好從陽台抱下台階。阿莫瘦稜稜，肋骨有幾根都數得清，搓洗腳脛時，戰戰兢兢，深怕一不小心給折斷，而她雖然站不穩，總是安安靜靜，很享受的樣子。有時一天幫她洗三四次澡，洗著洗著就掉淚，只希望阿莫上天堂時，乾乾淨淨，帶著沐浴乳的香氣。

那日幫阿莫洗過澡後，她有氣無力甩了身上未拭的水珠，還在院子裡站了好一會兒，也走了幾步。我與先生回娘家陪母親吃飯，飯後，母親說給阿莫留了一包雞翅尾，我搖頭，說不用了。回家，阿莫躺在地上，她還是不喜歡護墊。我摸摸她的頭，按摩頸子，搔搔下巴就進門午睡了。醒來又去看她，幾隻蒼蠅盤旋，驅趕後，這才發現她已遠行。哽咽喊了先生，他衝出門外，抱起一具僵硬的身軀，靜靜地解開紅色的胸背帶……

煩惱絲

美髮師翻看我的頭髮，眉頭緊鎖，發出長長一聲「嗚」，然後說，實在有夠捲，可以燙了。

前額、頭頂、耳際幾處髮根，一綹綹捲曲已然成形，那是半年前離子燙後新生的。年紀愈大愈懶得上美容院，更不想變髮，唯這些頑固分子讓我傷透腦筋，他們冒出頭皮後，約莫三四個月，漸漸有了自己的意志，成群結黨，或S型或O型的姿態，穿出被藥劑馴服得乖順的直髮，於是，這裡隆起一個丘，那裡隆起一個丘，面鏡，總讓我想起多年前一位同事，責罵班上調皮搗蛋的小孩時，總是使用「生毛帶角」這詞。

鏡前，我的頭毛真的帶角，且是一頭多角獸，都怪自己不聽建言。

兩星期前，天氣太熱，我請美髮師幫我把那一頭過肩長髮剪短。她是有良心的，不輕易動刀，耐心說明頭髮達一定長度時，重量可牽制根部新生頭髮，免其捲性大發，勸我務必慎思。然炎炎夏日，紮一束長馬尾，脖頸雖通風，後腦杓、背部依然悶熱難耐，洗完頭，吹乾頭髮後已汗濕全身，再沖一次澡實在費事。我說，反正剪短後還是會紮著小馬尾，捲髮被髮圈牽制，造次有限，還是剪了吧。

頂著一頭俏麗短髮走出美容院，兩天後自己洗頭，吹風機拿在手上後，這才後悔不聽忠告。那幾天，出門前得把額前、兩鬢捲髮噴濕，再以離子夾拉直，看白煙冒在髮上，痛烙在心上，施虐一番，那些「不髮分子」才會乖乖聽話。至於後腦杓，眼不見為淨。但是，我要出門運動，還要上市場買菜，要洗衣煮飯做菜，當汗水淋漓，又或雨天空氣潮濕，頭髮很快就又故態復萌了。

撐了半個月，再度坐上美容椅，認了，美髮師說燙就燙。

我自言自語，重複以前的夢想，若不是捲髮，我要把頭髮剪成《悲慘世界》中，安海瑟薇飾演的女工那款極短男生頭，我雖無其精緻五官，還能露出長長的脖子線條，重要場合戴兩只簡約大圓耳環，多麼俐落有型。語畢，設計師照樣笑說，你懶得上美容院，這不適合你，想想就好。須臾，又談了以前不曾談過的話題，她說，捲髮會隨著身心狀況而改變，並說，有一個長期服務的客人，頭髮向來絲絲柔順，這一年來，頭髮漸硬，細看，彎彎曲曲，米粉般毛躁，只好同我一樣，使用藥水矯正髮性，以撫平頭髮。

聞此言，納悶，中醫有此一說，「肝藏血，髮為血之餘」，莫非美髮師言下的「米粉頭」乃肝臟疏泄功能變差，頭髮滋養不夠？我想起祖母生前，髮雖花白，但光潔，死後入殮前，鄰居一從事家庭美髮的阿姨幫她抹髮油，輕梳後，在後腦杓結了一個漂亮的髮髻。八九年後撿骨日，掀開棺蓋，那髮散亂一地，暗灰、脆化，如毀損棄置的掃把鬃毛，顯然是「欠滋養」。而我那頭捲髮，除了青絲染雪，髮量未減，髮質亦不至乾枯，應不屬此說了。

但，捲髮真的會隨著身心狀況而改變嗎？我思索，並回憶起各階段髮型，

小學時期呆呆的西瓜皮髮型，國高中時期遵守髮禁的學生頭，臉頰兩側頭髮雖有弧度，卻也都順服。就業後，髮長過肩，只是蓬鬆，有一回，剪出層次，捲度柔美如雲如浪，常被問起哪裡燙。長髮膩了，以美髮雜誌上日系女星的短髮照為範本，中長瀏海還可隨意左右撥，看起來兼具帥氣、俐落和知性，唯一段時間後，

前額頭髮亂翹，攬小鏡轉頭背對大鏡照，頸後探出一撮老鼠尾。有人說，只有上輩子做過官的人才會有這一小撮，也有人說，多出這一小撮，性格上比較倔強，脾氣也大，還有人說，有這樣髮流者更聰明。卻沒有人說，那一撮尾巴很難看？我又想起，很長一段時間我也留鍾楚紅那種齊肩的羊毛燙，前額瀏海還吹出一座高高的半屏山，只是每天都要抹油保濕，否則毛躁像爆炸頭，而半屏山得噴髮膠才屹立不搖。同事說，那髮型讓我多了幾分嫵媚，但我不喜歡在頭髮噴這抹那。大約民國九十年流行離子燙，不論髮性乖與不乖，髮量多與不多，頭髮一經高溫拉直，並配合藥水軟化，都服貼似絲線垂墜，卻也扁塌如糊了糨糊，可是，同事友人紛紛跟風，加上安室奈美惠那頭筆直輕盈又有光澤的長髮，歌舞中自然甩動，魅力無限，流行難擋。我按捺不住，告訴美髮師想燙，但又不喜糊糨糊。一笑，很多人的問題，說髮根少燙一公分，燙後就自然許多。我大膽嘗試，這款髮式好沖洗，不必刻意吹整，吹風機嗡嗡幾聲，頭髮就乾了，懶人福音啊。一試二十幾年迄今，這偉大的藥水和燙髮技術不知是誰發明的，該頒給他一座諾貝爾化學獎。

可是，離子燙看久了也會膩，總不能到了七八十歲還是這款髮式。我真懷念過去的捲度，不張揚不輕狂，彼時可以依照喜好，請美髮師剪出各種喜愛的髮型，現在超短髮不宜，連新垣結依在雪肌精廣告裡的一般短髮也別妄想，我不免想起小弟，先前他是一綹弧一綹弧牽著一綹弧，柔順蓬鬆，木村拓哉那型，怎麼在步入初老後，不但M型禿，頭髮還相約離經，各自叛道，叛逆得把主人由明星降格成一隻貴賓狗。

家裡惟我和小弟，自小就得母親真傳，不但凡事隱忍，凡事努力，連頭髮也與她一個樣。但母親的頭髮史恰恰與我們兩極，我青少年時，家庭經濟拮据，賒欠度日，母親無閒錢進美容院，幾乎終年以橡皮筋綁起一束捲馬尾，髮長了就剪掉製做針插，又或送人。直到家裡經濟改善，她才燙起一頭短捲的歐巴桑頭。晚年，她的髮式又更簡潔了，髮長就上美容院剪短，一頭服貼柔順的銀髮，唯頸部幾小綹捲曲，過貓長出的新芽般，莫非母親年老身心安適，苦與樂視如過眼雲煙，凡事善解，連髮性都解了？

等待頭髮角質軟化的時間，我掏出手機查詢捲髮之說，其中一則的敘述是「後天自然捲可能跟體內賀爾蒙和內分泌產生變化有關，很多人小時候沒有自然捲，但是到了一定年紀自然捲就會出現，或是相反地越長大、頭髮越直……」我不禁想著十幾年來長期入睡艱難，又前年一顆根管治療過的牙齒莫名腫痛，醫診是蜂窩性組織炎，住院期間，外出洗頭，得知後腦杓一塊圓形禿，約五十元硬幣大小。洗頭大姐說我髮根Q成那樣，還禿了一塊，肩頸又硬如石頭，顯然壓力太大，沖洗時，喃喃說起人生短短啊，心事要說出來，要想開啊，要對自己好啊，錢該花就花啊，……，一時不知如何回應，明明閉眼，眼睛還是進了熱水，辣辣的。

頭髮果真悄悄記載了我生命中的哀怨與嘆息？

美髮師以離子夾拉直冒煙的頭髮後，再上第二劑軟化劑。我告訴美髮師以前燙過羊毛燙，下次可否幫我燙微捲，無需抹這抹那，自然捲燙捲一起捲，就看不出哪裡捲。不行，那會讓你的頭髮看起來毛毛躁躁的，你只適合離子燙，不信你可以試試。

同學會

今年國中同學會在台北舉辦，南傑發起。

進餐廳，無預期見到消失多年的傳勝，甚是驚喜。國三時，我和他坐一起，都是矮個子，坐最前排。由於早年我就讀的國小、國中都男女分班，升國三後，能力編班，另編出兩班男女合班，本就內向，不善交際的我，突然和男生坐一起，不知如何互動，一學期下來，唯一說過的話，想來想去，就那一次：他開口向我要手中的橡皮筋，我脫下給他，他說謝謝，我回「不客氣」。

今天傳勝坐正對面，聊了不少，他談長年海外工作經驗，遇公司重要決策時往往以易經卜卦，通透各星座及其四象，是個健談、人生經驗豐富，很可愛的大叔。退休後，為杜絕應酬，毅然刪除所有業務上相關群組，一不小心把同學群組也刪了，因此失聯多年，目前和妻子專職帶孫，手機裡好多可愛的孫女照。

猶記八年前第一次參加同學會時，傳勝帶著畢業紀念冊來，大家認人喊名字，說著誰跟誰坐一起，邀約去誰家讀書，結伴騎腳踏車出遊等等。一群熟齡男女，嘰嘰喳喳共同拆解一個塵封四十年的共同記憶體，彷彿回到青澀的年少時代。年少情愫誰無，在歷經歲月的斧鑿後，不知是否有人面對當年偷偷喜歡的同學時，心如擂鼓，抑或一夕間想像幻滅。

編紀念冊的同學是學藝股長志民，中小學時就展現繪畫才華，多次獲大獎，深受我崇拜。記憶深刻，畢業前夕，同學互相簽名留念，有同學在他的紀念冊上寫：「開畫展時，別忘了請我收門票。」志民後來從事教職及繪本創作，還開了不少次畫展。

我班用功讀書，玩也認真。在電話不普及的年代，事前呼朋引伴，要不就是一群人騎腳踏車挨家挨戶邀玩。我唯一次與同學出遊，是七月半，大家騎腳踏車去五結清水海邊賞月。我們行經人煙稀少的馬路，穿過沒有路燈的樹林，來到一落落林投樹旁，下車，爬上土堤，皎皎空中孤月一輪，灩灩水波一汪月，內心一陣悸動，木然，稍後才把鞋脫了，往銀白的沙灘奔去。

那次同學會，副班長玉玲說那晚她也去了清水海邊，可和我一樣，跟誰去不記得了，但無法忘記那晚的月，她邊說邊伸直兩隻手，畫了一個大大的圓，說她記憶中的月亮如此之大。

是的，那晚的月亮真的很大很大。幾十年了，我曾數度在海邊看著湧動的月光，已然找不回最初的感動。

二年後，同學會在羅東舉辦，主辦人鴻梧從接棒後就認真規劃。有一天我看到群組裡，他和靜寧拉出紅布條的照片，忍不住大笑，雖然橫寫「東光國中三年孝班同學會」腦子裡閃現的畫面盡是「馬路如虎口，行人靠邊走」「下個月即將開幕，敬請期待」「歡迎總統蒞臨」等等標語。聽說南傑和鴻梧前一天就先陪台北來的同學從頭城往羅東一路玩。在外澳伯朗咖啡城堡前拍照時，鴻梧還把紅布條掏出來，強迫大家提前合照。

那次同學會會後大合照，前排同學坐在塑膠椅上拉起紅布條，後排同學站著比YA，又是一個難忘的回憶。

還有一次同學會，主題是「校園巡禮」。「巡禮」的本意無非是找尋。眾人費神找尋當年就讀的教室大概位置。這裡？不是。那裡？也不是。放眼逡巡，只見嶄新建物，連方位都錯亂。在外地落戶幾十年的同學，忘了教室也有使用年限，校園需要規劃，「消失」是理所當然的。

四顧茫然中，暫憩走廊閒置的課桌椅，紛紛扮起學生，拍照留念，懷念起逝去多年的班導。

班導說話聲音沙啞，瘦得只剩一層白皙的肉皮，透過厚厚的鏡片看人時，塌陷的眼睛頗像骷髏，他的食指中指燻出漸層的黃棕琥珀色，不拿粉筆時，幾乎都是一菸在手，也許在我們離校前，老師的身體已出現警訊。

談及老師，幾位男生免不了要說說某老師的壞話。進成說，有一天中午他沒帶便當，外出去吃他想吃的午餐，不意被某老師撞見，第二天上課被老師叫起來罰站，當眾甩耳光，說那裡是風化區，老師要代替父母管教他。傳勝也曾突然被叫起來罰站，老師問他怎麼可以在那種場所出入，他說他家就住那裡。

又談同窗時期各種有趣的回憶。聊起幾名失聯同學時，南傑談起長興，三月初三玄天上帝生日，一群同學受邀去他家吃大拜拜，大家低頭吃滿桌好料，抬頭與幾具棺木對望，原來他家正是黃春明小說《鑼》描述的南門河畔的棺材店。

笑聲中，我想起長興同學，細瘦，有一顆小暴牙，而去吃大拜拜的南傑，當年高帥，戴了時髦的金邊眼鏡，酷似電視綜藝節目主持人徐風，班級合唱比賽時，擔任鋼琴伴奏。如今是熱愛重機的阿伯，常騎機車旅遊、環島。

幾次同學會，感悟人生早已進入下半場，不論是否滿意過去的自己，歷經風風雨雨後，知曉各有路徑，大家重聚乃是初衷，於是，曾經從事的工作、另一半及子女已非引起興趣的話題，亦未見窺探他人生命之舉，相聚一堂，聽同學閒聊，心中自是歡喜與快樂。

今年同學會一如往年，笑談今昔，舉杯共飲後，一同學來到班長旁，說班長第一次參加同學會那年，搶著為大家買單，讓他破費了，再次感謝。班長靦腆一笑，說那年退休，請大家，應該的，又說，其實是了卻一樁心事，原來國三那年，他負責收聯考報名費，不知為何多出一百多元，他告訴老師，老師要他收下，他收下了，但幾十年來，這事一直放在心上，同學會請大家吃飯，算是圓了退款的心願。

席間，話題層層疊加。今年女生言骨鬆、膝蓋痛、肌肉流失，身體機能大幅下滑，男生談自己的心血管裝幾根支架，也談三高、失眠、服用的安眠藥鎮靜劑藥名，更毫不忌諱談到攝護腺肥大，肛門觸診檢查方式，如何運動預防，說得那麼自然。鬢髮蒼蒼，不知不覺來到領敬老卡的前夕，共此燈燭光，那般清美的季節質地及純粹的情誼，令人更加珍惜。

陸續有人談起自己，兒女婚嫁，孫有幾個，或不生，不婚不嫁。坐我旁邊的晴媚已拿到保母證照，只等女兒生寶寶，要好好發揮專長，她先生焰能，也是班上同學，以誇張的表情說晴媚日夜抱著洋娃娃演練，恐怖極了。照例談起處於三明治世代，上有父母要撫養，也要有被子女棄養的心理準備，以及預立醫療決定等等。預期死後沒人拜，後事則樹葬花葬或海葬乾脆俐落。然後，感心搖頭。仰天一笑。

敘舊說今中，有人想起四十九歲心肌梗塞睡夢中過世的阿典，感嘆還年輕，卻紛表「這樣也不錯」「真希望像他一樣」。突然想起去年隔壁班一男同學病逝，前些時候，定居紐西蘭的一男同學也走了。我班失聯的，或許有自己的境遇與心情，不想被找到，或許，也有人已悄悄成仙了。

畫像

一年級新生報到那天，媽媽說她要洗衣服，要我先去找教室。一年級有七班，我在一年忠班教室外牆上大字報找到我的名字，進教室後，老師幫我別上寫著名字的小布條。

林老師，體型豐腴渾圓，一圈圈的短捲髮，鼻頭多了一支老花眼鏡，很像卡通《我們這一家》裡的花媽。我喜歡上唱遊課，坐最前面，可斜看老師兩腳踩風琴踏板的姿態。「啦啦啦，真高興，排著隊伍上學校，今天起，我們都是一年級……」「造飛機造飛機來到青草地，蹲下蹲下去，我坐飛機翼……」是蟬聲高鳴的夏天，風灌滿教室，我總是唱得起勁飽滿，不知不覺，琴聲歌聲被風吹歪了，模糊了，眼皮愈來愈重，老師說「再一次」，漸漸變成「三四」，最後只剩長長扁平的「四」連續音。

其他課，已無印象，唯記得排隊到教桌前給老師改作業時，總是戰戰兢兢，等著被罵字寫太小，等著老師彎起食指和中指的指背，像蟹螯，夾住眼皮用力拉。我被拉過幾次，眼皮彈回時還聽得到脆而短的響聲。很痛啊。常常以為字寫大了，卻還是躲不過螯夾。

更恐怖的是灌番仔火油。

小二時，有一天，在操場升旗後回到教室，班上幾個同學發現鉛筆、擦子不見了，我也發現一顆淺綠色的擦子丟了，接著陸續有人說自己的擦子也丟了。那天，正好一名女同學上學遲到，留在教室，沒有參加升旗典禮，老師搜了她的書包，問了很久，問不出結果，最後說，如果是她偷的，要帶她去辦公室灌番仔火油，女同學仍是搖頭。突然，老師脫下她的雨鞋，提起倒掛，瞬間，嘩啦嘩啦，講桌上一堆擦子、幾支鉛筆和小刀。老師很生氣，一邊拉著女同學一邊說，走，到辦公室，給你灌番仔火油。

我在驚恐中想著那種油又臭又髒，是用來點燈的，我阿嬤每回叫我去買油，總千交代萬交代不能喝，說喝了嘴巴會爛掉，會變啞巴，會死翹翹。以為那名同學變啞巴，死在辦公室了，沒多久，卻是紅著眼睛回到教室。此後，老師拿著一瓶油，強往同學嘴裡灌食的恐怖畫面，像一段清晰的膠捲，時不時在我眼前播映。

我讀三年級時，林老師要退休了，全校師生列隊站在門口歡送老師，我在傷感的樂音中跟著同學和歡送的老師一起哽咽，一起淚如雨下。我雖被老師拉過幾次眼皮，番仔火油陰影也深植腦海，不知為何還是捨不得她離開學校。

三年級老師是個中年男人，也姓林。才剛升上三年級，鄰居被他教過的高年級男生就來告訴我說，林老師很兇，要小心。

林老師家裡養很多雞，有的同學的媽媽會去他家買雞，他午休時間也都回家幫忙賣雞。老師可能太累了，改作業時常像隻咄咕雞，有幾次，我們排隊到他教桌前改作業，他一行一行瞄過，很快就一個紅色大勾，漸漸地，他頻頻點頭，大勾勾變輕了，勾勾形狀變胖了，有時勾到簿子外，飛在桌面上。我們不敢吵醒他，就這樣，老師把全班五十幾人的作業都改完了。

算術（那時不叫數學）進入乘法課程前，老師要我們回家先背墊板後面的九九乘法表，說上乘法課時要背給他聽。我不敢懈怠，回家認真背。進入乘法單元時，老師手持藤條，要我們依號碼順序上前背。有的同學安全通過，有的連二都背不出，有的中途迴路卡頓，全都自動伸手挨打。輪到我時，抬起軟跤上前，兩手發抖出汗，六和七的乘法偶爾忘記，但在家時已發現累加的邏輯，還好，計算速度不算慢，最後安全通過。

看著幾個同學回到座位時邊抽泣，邊吹著辣紅的手心，覺得很可憐。還好，不多久，老師已睡眼惺忪，一手伸在桌子上，頭歪靠在手上，持藤條那手垂在地上，聲音模糊喊下一個。同學上前，開始背。以為老師睡著了，怎料耳朵還醒著，背誦錯了，藤條照樣撲撻。

老師發怒時，目光灼人，緊咬那排大黃牙飆罵王八蛋、混蛋時，比打人更可怕。我幾乎時時刻刻怕著他，以至當他上課數次說「可見這人……」「可見這事情……」，我把「可見」聽成「火箭」，心想，為什麼要「火箭這人……」，為什麼要「火箭這件事情……」，我疑慮了好久，終究不敢問老師。

老師上課偶也談起生活趣事，我喜歡看他笑時，下巴橫拉開的溝紋和綴著的點點白鬍子，很帥呀。有一次他談起到羅東一家麵館吃麵，老闆正在包餛飩，把麵端給他之後，又去忙了，突然，一聲「哈啾」，老師轉頭一看，老闆啾出兩管鼻涕，手捏住，用力甩，然後繼續包餛飩。

後來呢？老師笑了，說他麵才吃幾口就起身付帳。

通常老師兩年一換，不知為何，我們升上四年級又換了一個女老師。

老師上課方式毫無記憶，只記得早上第一節課，我們都要捧著前一天的數學作業，在教桌前排隊等候老師批改。有的同學的作業被打上幾個紅色大叉叉後，隨即吃了一記耳光，還要狼狽地撿起丟得遠遠的作業簿。然後，下一個同學，又下一個同學。奇怪的是，家長會長的孩子和幾個家境好的同學，明明也寫錯幾題，可是老師卻只是在他們頭上摸一摸，要他們回去改。

一次淚眼模糊中，我摸著發燙的臉頰，心生當老師的念頭。我立志將來要當一個公正無私的老師，更重要的是，若逮到機會，教了老師的孫子，就給我等著瞧，鐵定把他痛痛快快打回來。

我對老師的不公平耿耿於懷，直到某個冬日下午，天空陰灰，教室門窗全關了，我依然不時打冷顫。老師的小女兒幼稚園下午沒課，照例到我們教室寫功課。當她女兒走進教室時，她把女兒身上的鵝黃大外套脫下，我以為要掛在椅背上，但她卻把衣服披在一位衣著單薄，縮在座位上的女同學肩上，示意她穿。

那位同學個子矮得像二年級，乾稻草般的頭髮，經常鑲著頭蝨頭蝨卵，上課也曾經尿褲子。當她穿上外套時，我看著那位同學好久，內心突然有什麼東西撞擊著。

升上高年級又重新編班，老師姓游，看來四十幾歲，不怒而威，就如三年級那個男老師，傳聞很兇，非常嚴格。

游老師穿戴不屬華麗，卻高貴大方，每件衣服和絲巾、鞋子的配色都顯出一種和諧的美。至今仍記得一件剪裁合身的淡紫色風衣，一件淡黃色絲質膝上短洋裝，筆挺的藍色毛料長褲西裝。我每天注意她的衣飾、高跟鞋、包包、口紅顏色，還有塗了淡粉紅指甲油的手指。

老師除了重視穿戴，也很注意我們的生活細節，站蹲坐行都要符合她的教導，談吐也是。有一次，他問我爸爸從事什麼工作，我想了想，說在「做紙」，她又問在哪裡做紙，我說中興紙廠，於是她糾正我：你要說，爸爸在中興紙廠服務。老師上課也時常出現課本以外的用語，有一次談到流行歌曲時，她提到很多流行歌曲是「靡靡之音」，述說風景時提到「花團錦簇」，這都是我不曾聽過的成語。她分享她去溪頭旅遊時，說她看見薄霧中一片粉綠的孟宗竹，教我對遠方風景產生了無限的遐想。

老師在美麗優雅中，卻忙得手指卻總是蒙上粉筆灰，不拍不洗，直接改作業，直接翻書上課，直接捧起杯子喝水。有時下課鐘響了，她要我們去上廁所，馬上回教室繼續上課。我從不羨慕別班可以出去玩，反倒因為我們班每次月考成績都最優，我更以讀「六愛」為榮。

我們沒上過體育課，要打期末成績時，老師才帶我們到操場作各項測驗，我本不喜歡體育課，這又更好了。

畢業時我六年總成績第八，但畢業獎項只頒到第七，為此，我滿臉涕淚，於是老師攤開同學六年成績排名給我看，私下送我一本英文字典，算是安慰。

後來我也成為國小老師。說巧不巧，小學四年級時，我立志長大當老師要報復老師的孫子，許多年後，老師的孫子竟然讀我任教班級的隔壁班，上下課都由師丈接送，我每回見了，就想起那個寒冬午後，老師披在同學身上那件外套。

游老師影響我最深，我甚至複製了她的上課習慣，手指常蒙上粉筆灰，不拍不洗，直接改作業，直接翻書上課，直接捧起杯子喝水。還有，我雖然準時下課，但教高年級時，學生不喜午睡，正合我意，我拚命三郎似地，常拿午休時間繼續上課。

高年級學生畢業前，我慣常給他們寫一篇作文，題目是「老師的畫像」。多數學生說我美麗溫柔，很有耐心，像媽媽。有一名學生說我額前瀏海掉下來遮住眼睛了，懶得用手撥，總是推出下巴把頭髮吹走。還有一名學生在我植七顆大臼齒前，說我用門牙吃午餐吃相很好笑，很像電視裡的「陽婆婆」。

學生為我描繪的畫像，猶如一幅油彩，畫面常教我莞爾一笑，但不知疊加的色彩底層是否還有另一個我。

二手書

　　幾年前，在二手書店買了《莫泊桑小說全集》共四本。內頁沒有翻折及畫線眉批跡痕，唯切口有幾塊時間留下的褐斑，品相近乎完美。四本書都加蓋標楷陽刻姓名章，其中一本加註購書時間「75.3.30」，扉頁都以鋼筆題署「台灣大學機械工程系」及姓名，字體工整，秀逸中見挺拔。

　　日前抽出這四本書翻讀，照樣欣賞起署名字跡，興來以鋼筆一筆一畫仿寫，大約臨得出形，卻寫不出神。心想，自己買了幾櫃書，沒有一本署名，只因字體柔弱無力，怎麼練都難把名字寫好看，倒是會在最後一頁寫上書本閱畢日期，也曾一本書內文末頁寫了二個日期，那表示我讀二遍。這位理工男不知是否也有與我相同的註記習慣？於是翻到內文末行，其中二本題署日期都是七十四年，分別是十一月和四月，還多了「台北寓中」，雖有二本未題署，但四本全蓋上姓名章，是小篆字體陽刻，與扉頁有別，雖是不同型式的閱畢註記，卻有種意念相通的契合感。

原書主以簽名蓋章標明所有權，連扉頁章和閱讀完成章亦有所別，如此慎重，教我想起另一本二手書《印度現代小說選》，原書主一九九二年購買，前扉頁以粗油性筆題了「堅如磐巖」四個比拇指還大的字，一筆一畫如鷹眼般精神，後扉頁題名及號，並註記當時服役單位。前後扉頁連切口總共蓋了八枚不同字體的藏書章和姓名章，實在熱鬧，料想是位印章愛好者。

書本隱約展現了書主的不同個性，而相同的是，皆為愛書人。但是，他們怎捨得把珍愛的書賣掉呢？唯一能揣想的可能是，架上的書已滿溢到地板，書房隆起一座座書山，地震或行走間不慎，又形成「土石流」，只好斷捨離，轉賣或贈送。

突然好奇這二位男士何許人也，上網輸入名字，「軍人」同名同姓太多了，直接放棄。輸入另一個名字，原書主樣貌俊帥，商界文人氣質有若作家王定國，是加州大學柏克萊分校工程博士，曾是某上市公司董事長，現任總經理，由於國內畢業系所正是扉頁題署，種種契合，可以佐證所查屬實。

而作為此書現在的擁有者，與原書主彷彿有了連結，忍不住將他的字跡和背景傳給朋友A看，他回以世界真小啊，這家公司的的前任董事長也是畢業於台大機械系，恰巧是以前的鄰居，說下回見了來問問。B讚歎人家字怎麼寫得那麼美，說應和她的時代很接近，我則推估這人已近耳順之年。又傳給弟弟看，他玩笑說，你明天就去買他們公司的股票，股東大會時帶著那幾本書去參加，接下來描述的是八點檔浪漫情節，逗得我笑開懷。

二手書也不全是網路或舊書攤購入，有些是他人贈與。

多年前從甚疼愛我的一名校長那兒接收了多本藏書，其中一部分原書主是厲先生，有《姜貴自選集》《葉公超散文集》《左宗棠》《廢人廢話》……。書本扉頁都以毛筆署名，加蓋私章及藏書章，每一本都有工整的眉批，喜愛的文句右邊以紅色原子筆畫小曲線，足見厲先生勤奮用功。

厲先生逝去多年了，是校長的好友，生前因視力不佳，閱讀困難，陸陸續續把書送給校長。後來校長閱讀要靠放大鏡，也罹患黃斑部病變，又把他和厲先生的書陸續轉送給我。

厲先生和理工男、軍人，還有書櫃裡幾本署名未署名的二手書原書主，他們的書本不知經過多少人撫觸，承載了多少人的溫度，才來到我手上，嗅聞著充滿時間感的書，看著眉批和句子旁的畫線，彷彿與原書主的思想有了交流。即便內頁全部空白的其他舊書，亦然。

我讀書習以鉛筆在特別有感的句子旁輕輕畫線，方便來日找尋，或想擦掉時隨時可擦。某日借書給好友瑜，說鉛筆畫線手摸了髒，很衝動想要幫我擦乾淨，這人潔癖得連別人書本都有意見，真是的，倒是後來我竟學起她，以紅筆或藍筆畫線，不顧慮太多，這樣反而更醒目了，也挺不錯。

這幾年來久坐閱讀就兩腿痠麻，眼睛常犯乾澀，寫作及日常諸多瑣繁雜事拘絆，閱讀時間愈來愈短，有時想著，也該學習校長和厲先生把書一本本送出，或者交給二手書店，免得成了晚輩的困擾，況且「人難長壽，書難世守」，水火兵蟲乃藏書四厄，若能流通，那真是美好的緣分哪。

想歸想，幾年了也沒行動，卻忽然想著自己寫的書是否也在二手書攤，輸入書名，PChome 和蝦皮都有。喔。好吧，但願扉頁沒有作者簽名。

摩天輪時光

輯三——時間河

幫母親洗澡

那日，母親午睡醒來，我說三天沒洗澡，要「生菇」了，來洗澡吧。

我先在浴室放暖氣、熱水，待室溫暖和，再扶她進去坐好，脫去她的外衣、長褲。才要褪去她的衛生衣時，她微微忸怩，說要自己脫。邊脫邊說不習慣讓人幫她洗澡。須臾，問我幫婆婆洗過澡嗎？怎麼可能沒有，請外勞之前要幫她洗啊，也曾雙雙跌倒……一番話後，母親似乎較自在坦裸於我面前了。

我先幫她沖淋身體，抹肥皂。搓洗耳頸時，她自動仰起下巴，我不由得想起小時候坐在大鋁盆裡，母親幫我洗澡，邊潑水邊搓肥皂，我只顧玩水，待要洗頸子時，她先以手指在頸側搓下一條長長的黑泥給我看：喏，抓到一尾杜蚓仔。我於是自動仰起下巴。

「喏，抓到一尾杜蚓仔。」我給母親看了只有泡沫的手指，她笑了，笑容裡有記憶在流動。我雙手滑下她的背，邊洗邊讚歎：阿母啊，你年八十八，頸後無紋線，皮膚光滑若十八。再歎：你那裝過五個囝仔的肚腹，雖然鼓出一顆球，卻彈性十足，無一條妊娠紋，你抹啥？母親又笑了，笑得含蓄，我在她淡淡的笑聲中搓洗胸部，品論起那對ㄋㄟㄋㄟ青春可愛，如兩隻倒扣的碗盤。她怕笑倒，一手摀嘴，一手抓著扶手，說那是包子奶，奶水裝得少，我吮她奶不到三個月，所幸鄰舍阿嬸奶量豐，每次要餵她女兒時，就來抱我過去一起餵。

母親說完，突然站起來，抓起蓮蓬頭，側身清洗下體，似要守住她的最後一道防線。我扶著她，只說，等下幫你洗腳。

清洗她的下肢時，發現腸胃病毒引起的血管發炎，使得兩隻腳脛繃得發亮，發燙。我輕輕搓洗，她疼痛搐縮，我也搐縮。塗藥膏之故，油膩猶存幾分，不忍，先這樣吧。腳踝腳背紫黑色血管盤根錯節，連皮膚色素都沉澱了，想必是早年成衣廠工作，長期久站靜脈曲張，加上年老，血管失去彈性，血液鬱積下肢所致。

腳底則是又平又硬，足弓塌陷成一塊木板，難怪這幾年她老說那雙腳很猴怪，專挑氣墊鞋穿。同樣令人悵然的是她右腳大拇指那片空殼般的乳白色，料是灰指甲面積又擴大了。以前買過幾次藥給她擦，藥師表示需近一年的時間來和黴菌作戰。而我，回家牢記避穿母親的拖鞋，卻忘了關心擦藥這事。母親終因不見療效，漸漸失去耐心和信心，道聽塗說，以蒜頭搗汁塗抹，於是讓半死的黴菌有機會繼續生根。

我在愧疚中幫母親洗頭。白髮稀疏細軟，易洗，好沖，無須潤絲，毛巾輕擦已八分乾。才打開吹風機，頭皮隨即亮出一盞日光燈。突然憶起母親沒錢進美髮院那段日子，終年一束低馬尾，睡覺時，枕上一頭濃密烏潤的青絲，我常以食指勾旋，轉啊轉，再勾，有時也把她勾疼了。如今，荒涼得我不知如何撫整。

等待母親的笑容

醫生出手術房，指著我看不懂的電腦斷層攝影，說母親的三叉神經節燒灼順利成功，但二三個星期內還不穩定，仍會疼痛，不用擔心。

回到家，母親如常吃飯吃麵，不意兩天後，疼痛如她術前所述「有時像電擊，更多時候像一大把針在扎。」一旦從原先右側額頭、臉頰擴移至嘴角周圍。有一次，她勉力啟動脣齒，指著耳朵，表示連耳朵也痛，又指著嘴巴，說舌頭像被火燙到。

有時，母親的疼痛稍獲緩解，見她躺在床上做腿部伸展，在廚房揀菜、擦桌子，那身影教人格外安心、滿足。問她是否不痛了，說是「沉沉的痛，不是扎針的痛，可以忍受。」然而，不出幾個時辰，母親就又滿臉愁容，一問，她沮喪地以手指張合表示「一大把針在扎」。

初始，視為不穩定的必經期程，只待時間過了便好，於是，晨起，我就劃去月曆上一個日期，然日復一日，二個星期過了，疼痛彷彿處在高原期，我開始憂慮，年近九十的老母怎堪這般精神與肉體的折磨？心緒隨母親的疼痛起伏，懷疑母親是統計數據中因神經本身問題，百分之六的無效者，隨即又安慰自己，還有一星期觀望，又或母親年紀大，神經頑固，或許十天十五天方見手術療效。

連日來，我已無心力讀書讀報，無動力運動爬山。每晚，跪在已積塵，卻無心擦拭的床前為母親禱告，求神挪去母親顱內那把針，讓她自在快樂吃她喜歡的食物，但語未出就淚流不止。我開口向神祈求，甚且巴不得抓住祂的衣角，抱住祂的腿，求祂伸出施恩的手，按在母親的臉頰上，為她醫治……

有幾次，我想求神讓我來代替母親的痛，但一想到網路上有病患描述三叉神經痛，是分娩加牙痛的數倍痛，是天下第一痛，還有人不忍老妻受此苦，加工自殺，諸如此病例想來就恐懼退縮，氣餒中，只好向神坦承自己的懦弱，退而求其次，如果可以，我願意折壽，換取母親的所有疼痛。

憂慮母親進食困難，影響身體健康，我熬粥，蒸魚蒸蛋，煮爛菜葉類，再剪細段，準備尖淺匙面的攪拌匙，鼓勵母親小口小口慢慢吃。三餐之外，另以黃耆紅棗枸杞雞湯補元氣，以維他命、雞精、補體素、果汁等等補營養，這樣，母親就有籌碼與這二十幾天的不穩定期抗戰。而即便母親多次以模糊的聲嗓表示，一想到要吃東西「針又要扎」就害怕，但是，她依然忍痛張嘴，遲疑幾秒，鼓足勇氣，把食物送進嘴裡。

往往，我多次放下筷子，強忍著眼淚看她每吃進一口，在細微呻吟中等待「那把針停下」，才再吃第二口，第三口，半碗稀飯吃了一個多小時。有時，母親才吃幾口，我淚水吞不回去，就趕緊起身，藉故進廚房拿東拿西，整理一下自己的情緒再出來。母親知道我的不捨，有一次，她指著自己，虛弱地表示，她痛在臉頰，又指著我的心，說我痛在心裡，勸我不要看她吃飯，說這樣我吃不下，每次都吃得比她少。有一晚，大家共餐時，妹妹私下提醒我維持平常吃飯的樣態，免得給母親壓力，然後開始話家常。原來，母親也對妹妹說了一樣的話。

某晚，母親在我家吃飯，我發現她時常抽衛生紙，橫著抹過眼睛，她節儉成性，極少以衛生紙擦手臉，那不太像是她的習慣。然後，我又發現她右眼瞼下常淌著一滴小水珠，初以為是她洗手時不小心噴濺，後來才發現那是新落下的淚水。我幫她輕拭，但一碰觸她便反射性地躲開，原來母親趁眼淚落下前，趕緊抹淚，免得擦拭觸痛臉頰。

母親習於把淚水往肚裡吞，即便流淚也是轉身默默，三叉神經痛教她幾乎每飯必淚。我以衛生紙一角去吸乾那滴不小心滑下的淚水，也不禁想起母親說的往事，七歲那年，她在門前削冰棒棍，鄰家男孩追逐嬉戲，不小心從背後撞倒她，跌倒的瞬間，她手中削得尖尖的冰棒棍，戳中自己的左眼瞳仁，想必也傷及淚腺。

我忍不住又停下筷子，看著母親吃飯。她的半生歷盡滄桑磨難，夠可憐了，為什麼老來還要承受如此巨大的痛楚？

這些天，特別懷念母親吃小黃瓜時發出的ㄎㄠㄎㄠ聲。幾年前夏天，我們共餐，她一手持碗，一手夾涼拌小黃瓜，一塊一塊往嘴裡送，我看著她吃瓜，戲謔她，怎麼我吃小黃瓜就沒她快，聲音也沒她大，沒她好聽等等。母親一聽，舉箸的手忙著摀嘴，嚼瓜的聲音很快就被她的笑聲取代了。一會兒，她繼續吃飯，夾瓜入口，發現我定定看著她，又笑了出來。

那笑容，多麼好看啊。母親何時再展現笑出牙齦的面容？

母親的時間，我的時間

我挽著母親走進公園榕樹下棚子，一年約七十，雙眼混濁的女按摩師笑臉相迎。表達來意後，按摩師協助母親就位，定時器開始計時。我跨上她旁邊的按摩椅，趴在如甜甜圈的頭枕上，放心自在把肩頸交給另一男按摩師。

渾厚的力道，在摁、揉、推中，緩緩注入穴位，痠脹中微微地釋放出幾分舒坦。定時器每五分鐘報一次，母親的時間，我的時間，語音輪番播報中，我彷彿追著母親的步伐跑。有一剎，母親宛若棄我而去的隱隱不安忽然湧上，不禁想起童年時，父親又賭又酒，她內心鬱積太多的愁苦，加上工作過度勞累，氣虛力乏，常皺著眉，捧胸用力吸氣，彷彿要吸光屋裡的空氣，停頓，再吐出長長的氣，彼時見狀好怕失去母親，一回又一回，竟心生一念，若有一天她離我而去，我亦將結束自己的生命，並且與她共躺一棺槨。

忍不住以眼睛餘光從枕下瞧向母親，但見右腳鞋面下腳背局部可見的紫黑色血管盤根錯節，腳踝的皮膚色素都沉澱了，醫生說是靜脈曲張，加上年老，血管失去彈性，血液鬱積。不知這是否影響了母親的行走，近幾年，母親的腳綁了秤錘似的，愈走愈慢，馬路上同行時，得挽著她的手，配合她的步子大小及行走速度，慢慢走，有時把綠燈走成紅燈。在公園或湖邊一起散步時，母親總催我先走，要我放心，可我怎忍心讓她拄著拐杖獨行，於是快走，走了一段路，再折返，她迎面而來，我往她行去，兩人交會，同行一段，再快走。如此，一路上我的時間在她的時間上摺摺疊疊。

溽暑，兩支工業用電扇合力吹走滾湧的熱浪，卻吹不走我雜亂的思緒。十幾年來，親友鄰居一個個衰頹老病，輪椅病床相倚，直到離去，母親有所感，多次交代，日後倒下，不插管、不電擊，早晚要走的路，讓她好好走，又強調，救她讓她痛苦苟活不是孝順。我初始回以她還年輕，想太多。忽焉母親年已九十，我每每認真聽著她的交代，基於尊嚴善終觀念，我點頭，只請她放心。然而，如此決絕篤定中，不知為何，總想起童年時期焦慮的依戀，而今連敷衍也省略，不禁心生幽微的愧疚與罪惡感。

善終真的容易嗎？真要面對那一刻，想必「不救」比「救」困難許多了。

近午，有人送來便當，腳步聲遠去後，計時器提醒三十分鐘到。我付費後道謝，這時才發現男按摩師高挑俊秀，年約五十，眼睛眼神如明眼人。說是視網膜病變，四十一歲那年全盲。適應過程很痛苦吧？還好啦，是慢慢的，不是像停電，突然全黑。

天地也賜給我一種恩慈叫「慢慢地」，母親慢慢地老衰，我慢慢地學習尊重她的臨終需求。慢慢地，教我不至於太過驚慌。

重返一九四八

姨丈家有張舊書桌，閒置多時後送人，沒幾天，那人發現抽屜夾縫有一本小筆記本，竟是一九四八年的日記，於是專程送還給姨丈。

幾次探望姨丈，發現書桌上恆常擺放的報紙、血壓紀錄冊子之外，多了那本日記本。有一次，他戴起老花眼鏡，手拿日記本，直搖頭說字太小了模糊了，看不懂。我想，他應該很想看看自己當年寫的日記吧，而我，好奇心旺盛，更想一窺究竟，於是在姨丈同意之下帶回家閱讀。

日記本約明信片大小，薄薄的，才五十幾頁，鋼筆書寫，半草書，斜體，秀麗，有些段落字體受潮暈染長黴斑，加上字體小，閱讀極吃力，裝訂針嚴重鏽蝕，才翻頁就脫落，那是國共內戰時從家鄉逃到南京時寫的。聽姨丈說，到了台灣，三十幾年來未曾閒斷，直到他五十幾歲時搬新家，大小事忙，記錄間歇，終告停筆。幾十本日記，一直留在羅莊老家，幾年前，財團洽購共有土地蓋酒店，姨丈一疏忽，橫跨南京、漳州、上海、基隆、羅東的幾十年記憶全被挖土機鏟進垃圾堆裡。唉，我深感惋惜。

我以相機翻拍，再一一剪裁調整，輔以高清晰度，然後打字列印給姨丈看，其中無法辨認臆測的字就以圓圈符號代替。

閱讀日記，與姨丈也有了更多的對話與認識。姨丈一九二三年出生於浙江嘉興，臨南湖而居。南湖屬名勝，湖心島上有座煙雨樓，因為四面皆水，乘船才能登島，毛澤東成立共產黨之前都在煙雨樓秘密開會，第一次全國代表大會就在湖上一艘絲網船上完成議程，並宣布中國共產黨成立。

國共內戰激烈，局勢不穩，彼時姨丈在小學任教，共產黨常煽動民眾來學校鬧革命，學校無法正常上課，來上課的學生也愈來愈少，幾近名存實亡。一日，共產黨和民眾衝進學校又打又砸，他死命逃出，街上人潮奔湧，交通中斷，不知何去何從，於是跟著一群流亡青年逃跑，跑到火車站，待火車到站，有票沒票的全蜂擁而上。車廂擠爆，車門車窗懸著人，有人想方設法爬上車廂頂，火車奔馳，隆隆震動中，有人掉落了。

姨丈就這樣跟著擠上火車。火車往南京行駛，恰好姨丈的表哥住南京，在國防部服務，聯絡上後介紹他到被服廠當會計，於是他白天上班，晚上讀夜校重學簿記會計。第一篇日記寫於三月十八日星期四「寫日記不可一日間斷，現在我已違背了它，我記得有一週沒有詳細的記載，不是失去了信心，就是心境不安，輕易放過，現在也記不起。從今起，我應決心把這本精美小冊小心保管記載，並永不間斷，這是我開始記這本小冊前的一些真心話。謹記。」小冊子是姨丈逃到南京才買的。

日記還記載著被服廠時不時無預警裁員「本廠近日來又傳言裁員，去留看自己的命運吧！生活不安定，簡直太苦悶了。」「四面楚歌，全場空氣死沉沉地，似臨大戰爆發，緊張極了，整天約廠長召開秘密會議，討論裁除冗員。」更慘烈的是物價漲幅如飛。五月三日的日記寫著，「下午將眷屬米八斗，以二十九萬元出售，賣後方聞悉市面已達三十五、六左右，後悔莫及。」這不由得教我想起余英時在回憶錄裡談及每天早上飛跑到菜市場去買當天所需食物，但常常因為跑慢了，手中紙幣也貶值不少。也曾聽聞，二次大戰後，人們扛一扁擔錢去買一碗麵，總認為誇張，然而，這類惡性通膨在姨丈的日記裡多處可見：簿記一冊三十三萬元，雨傘一把三十萬元，香蕉一斤四萬元，板鴨一隻十二萬元。

問姨丈當時一個月薪餉多少？他已不復記憶，但說每月調整，還夠用。於是，逢假日亦見春遊、逛街、看電影、觀越劇，賞平劇等紀錄。若囊空如洗，那幾天就不外出。處亂世，這類娛樂紀事讀來有些違和，但那便是尋常生活，若非日記如實敘寫，我的想像將唯有砲聲隆隆與顛沛流離。

有些紀錄，讀來彷若第一現場報導，有趣，摘錄幾則。

四月十四日寫國大會軍事檢討，「其中國大代表目不識丁者當然有之，於是有代表打國民大會堂服務職員，引起一片風波，現在由代表自付醫藥費以了事，可見身位代表者就可横行一世，真貽笑國外人士新聞！渝杭等地學潮又起，據云其黨利用學生引起全面學潮而計劃五月渡江，共匪勢力現擴大，無庸諱言相當厲害！」

五月五日第七屆全運會「台灣選手苦於每天不能吃到西瓜，因此精神頗為不快。」

五月八日「全國運會今天已是第三日了，精彩節目百公尺跳高跟高欄均創全國紀錄，台灣籍百公尺田徑十一秒……」

五十幾頁的日記未聞煙硝味，應是記錄在其他本子，這本小冊子猶如一袋撿回的記憶。我讀著讀著，有時穿越時空般，與一個二十五歲的青年照面，聽他談夜校上課考試，道出工作苦悶。三月十九日起，日記數度出現「她」：「她的舉止、儀態、容貌以及智慧均為我深深銘於心版」「幸運的我還有在沙漠中求得水源一樣，有她陪伴著我，這時我心該是多麼欣慰，」「今晚我雖在上課，可是我的心不在教室中，因為她沒有來」「……」世局混亂，心如飛絮，問起伊人？姨丈笑得靦腆。

除了相思病，另有五天是身體疾病的紀錄。其中「異鄉生病就會想到家鄉侍奉週到，欲甚麼即能到手，現在竟連喝一點開水亦沒有人來理睬，我越想越煩悶，」「用二條棉被蓋上，沒有感覺暖和，一連睡了數小時，漸漸明晰，可是身子無力，唉！我真不懂，病魔為何時常來侵襲我，流浪異鄉病體甚重，誰來安慰……」每一則教人看了都格外心疼，直想燉隻雞，搭時光機到彼岸，請年輕的姨丈趁熱喝。

姨丈初到南京還和家人通信，後來外圍封鎖，出不去也進不來，聯絡於是中斷。四月二十一日，中共發動渡江戰役，攻克南京，姨丈再次漫無目標跟著群眾逃奔，退到漳州，又到上海碼頭。他屬幸運，與所屬的被服廠員工及國軍順利搭上登陸艇。姨丈回憶當時，人人想上船，但一票難求。有船票者要先上接駁船，再攀繩梯爬上大輪船。碼頭混亂極了，生死離散，哭聲淒厲，有人被擠落海裡，有人沒抓牢繩梯落水，也有小船重心不穩翻覆，海面上一具具掙扎的身體，驚慌的臉孔，載浮載沉的皮箱行囊，還有身上帶了過重黃金的逃難者，一落水，雙手高舉，直立著的身體慢慢下沉，最後，消失海面。

姨丈表示，在艦艇上鎮日暈眩嘔吐，意識迷糊，不知經過幾個白天和夜晚才抵達基隆。一下船亂哄哄，個個狼狽亂竄，後來，找到被服廠團體，跟著一起坐火車到羅東。羅東倉前路有一個日治時期的糧倉，全員暫居倉內。

因為單身，沒有分配眷村宿舍，後來被服廠又在外租了一間房子給十幾個單身者住。又後來，姨丈在我大舅媽娘家附近租房子，因緣際會認識了我三姨，婚後居住羅莊。

一九八七年開放兩岸探親，姨丈三次返鄉，聽親戚說，當年共產黨多次向他母親問他去哪，他母親心裡明白逃亡他處，但始終沒說，說了就會被整。而姨丈的父親在國共內戰時，共產黨以槍抵住他的背，他驚嚇過度，一病不起。他姊夫是鄉長，哥哥是地主，文革期間相繼被鬥死。他們說，幸好姨丈當年逃出，要不，命運也一樣。

問姨丈三次返鄉後是否想再回去？「回去做什麼？」回覆冷冷的，只因識者皆離，物事已非。

談起過往種種，姨丈有些忘了，有些，像是千帆過盡，談起悲慘的逃難過程，語氣是平靜的。淡淡的陽光斜進屋子，我猛一抬頭，鋼琴上黑白照片中的老婦，笑容溫煦，那是姨丈返鄉回台唯一攜回的母親獨照。

于哥哥

于仔家鄉在浙江嘉興，原是小學老師，國共內戰時逃到南京，由南京親人介紹到聯勤被服廠工作，南京失守後，隨廠撤退到台灣。單身之故，沒有分配眷村宿舍，先是與同袍在羅東合租房子，後來搬出，在我大舅媽家附近租屋。

大舅媽家開菸酒雜貨店，門口停了一部風琴，聽說大舅媽的母親閒來常坐在風琴旁看行人往來，于仔進進出出與她經常照面，阿嬤，阿嬤喊得老人歡心，一老一少，國語、閩南語都不流暢，時日一久，比手畫腳勉強能溝通。于仔說，阿嬤最初對他說的話是，她很喜歡他這個外省人。我想，于仔高大，長相俊帥，斯文有禮，哪個老人見了都喜歡。

有一天，阿嬤邀于仔進屋裡坐，他經過同意彈起風琴，彈的都是家鄉教唱小朋友的歌曲，阿嬤一問才知于仔過去是小學老師，更加喜歡他。聽我母親說，當時我大舅已入贅大舅媽家，他也是小學老師，見于仔常跟鄰舍小孩一起玩遊戲，有時哄有時逗，多少反映了赤子之心，印象極佳。

我大舅也喜歡于仔，每逢大拜拜親友齊聚，就把他找來一起吃飯，大家喊他「于仔」或「于哥哥」。日久，大舅覺得于仔良善老實，是個值得依靠的好男人，全然不顧慮他是否還懷著歸鄉夢，打算把他介紹給同是小學老師的三姨，而三姨在大舅媽家見過于仔多次，好感勝過省籍文化隔閡等問題，沒想到于仔不願意，他說他的月薪才十幾元，不敢娶妻，大舅告訴他，沒錢沒關係，不斷撮合，于仔這才成了我的姨丈。

姨丈與三姨婚後，暫住羅莊外曾祖母家，後來在旁加蓋房子，比鄰而居。我小時候，常跟母親回外曾祖母家，也去隔壁三姨家。記憶中，姨丈總是衣著筆挺潔淨，頭髮梳得整齊，皮鞋光亮亮，我未曾見他穿拖鞋，這讓我在童年時有種他天天過新年的錯覺。姨丈見了我們必是面帶笑容，招呼我們吃這喝那，說東問西，但鄉音重，我聽得吃力，有時三姨在一旁幫忙翻譯，翻譯完了，我就跑開。

隨著年齡增長，內心老是波瀾，怎麼姨丈慈愛有禮，父親好賭酗酒？怎麼三姨優雅上班、閒來彈鋼琴畫畫，母親卻在工廠日日勞瘁，還幫人洗衣？漸漸地，去外曾祖母家去三姨家都變得愈來愈沉重，後來便找各種藉口不去。成長過程中，也與母親所有親族逐漸疏離，直到走過中年，挪走心中那自卑的塊壘，與舅姨輩往來才漸漸密切，對姨丈也有了更多的認識。

去年有幸，讀了姨丈在南京時期寫的日記，也聽他談家鄉種種，談國共內戰期間，共產黨煽動民眾來學校鬧革命，又打又砸等等舊事。談及開放兩岸探親時，他說返鄉才知當年共產黨多次向他母親探問他下落，親友咸慶幸那時交通中斷，姨丈回不了家，要不，下場和他姐夫、哥哥一樣被鬥死。怎麼鬥？暑天被罰站在圓凳上，禁止給水喝，直到暈厥倒地而死。

曾聽聞外省人特別疼妻小，幾位朋友的母親與三姨都是實例。姨丈疼愛妻女，親族皆知。有一回，我跟母親去三姨家，一會兒光景，人未到，聲先到：「太太，我回來了。」門開了。姨丈拎了一袋袋菜蔬魚肉進門。我很驚訝，一問，原來都是姨丈買菜，下廚。我豎起大拇指，讚他是稀世好男人，他呵呵笑，說三姨工作繁瑣，下課回來較晚也累，他在被服廠擔任會計工作，只有編預算期間較忙，其他時間清閒，所以回家先做飯做菜。我沒吃過姨丈煮的飯菜，倒想起多年前母親教我煎魚要先熱鍋，入油之前塗薑，這樣就不會黏鍋，可以把魚煎漂亮。我問她為什麼要塗薑，說是姨丈教她的。

許是老兵來台，舉目無親，一旦娶妻，惜花連盆，連妻的親族一起疼。母親與舅姨們至今仍喊姨丈「于哥哥」，那般親切融洽的情感確實高過「姐夫」，關愛亦不亞於舅舅們，於此，母親更是有感。她談起過去的窮困歲月，最常說，三姨或姨丈塞給她一塊肥皂一條牙膏，至今銘感在心。

三姨對我母親的關愛，姨丈永遠一起參與，不似我姑姑，得偷偷摸摸。如果母親一段時間沒去三姨家，姨丈就騎著老光陽載三姨來探望母親，幾十年來如此，直到母親意識到姨丈年近九十，騎機車上路危險，千交代，萬交代小心，後來乾脆請他們不要來，往後由我載她過去，免得她操心。我最後一次在母親家看姨丈騎上機車時，發現他駝了，變矮了，而跨上後座的三姨，雙腳懸空，她雙手環抱姨丈的肚子，身形也縮小了，而那部老光陽，料是路上唯一古董。

幾年前，母親嘗試單獨搭鄉鎮免費接駁車去三姨家，返家時，姨丈和三姨擔心她搭錯車，兩人陪著她一起上車，下車後陪她走路回家，然後，兩人再搭車回去。第二次，母親又搭接駁車去，他們確知母親搭車沒問題，便一起陪母親去候車亭等回程車。母親說，車來了，他們看著她上車，雙雙揮手說再見，直到車子踅彎，她看到他們還站立原地，那時姨丈八十九歲，三姨八十一歲。母親談起這畫面時，總教她想起少女時期，每當三姨出門上班時，姨丈都站在家門口，目送三姨把腳踏車騎出埕仔，過小路，右轉，上坡，直到過了平交道，他才進門。

某日與母親、三姨和表姐相聚，大家談起煮飯做菜，表姐說她媽媽實在太好命了，不但不做菜，連洗衣晾衣都是爸爸，冬天天冷，爸爸怕媽媽的手洗碗龜裂，碗由他洗，但他的手也凍得裂出血痕。我好奇翻看三姨的手，果真白皙肥嫩，母親、表姐和我紛紛伸出雙手與她相較，個個手背青筋如蚯蚓爬行，相互撫觸手心，繭皮老硬有之，關節粗大、粗糙乾枯有之，怨聲四起。三姨笑了，姨丈也笑了。

我故意對姨丈抱怨，當年怎不介紹一個同袍給我媽，也許會扭轉了我媽的命運。他不知如何回答，又是笑。姨丈疼愛家人，疼得那麼理所當然，表姐說他把一家人都當小孩來照顧，使得表姐誤以為天下的父親、丈夫大抵如此，嫁人後才恍然大悟。

我曾問表姐，姨丈都沒脾氣嗎？她實在想不起他何時發脾氣，最後說，有啊，是硬脾氣，有一次表姐見他拖地洗拖把麻煩，特地買了「好神拖」回家，但他固執，認為舊拖把沒壞，不可浪費，堅持繼續使用，最後把「好神拖」留給外勞用。

三年前姨丈半夜如廁跌倒，那年，他九十七歲，才秋天就擔心冬天到了，恐無法幫三姨換棉被、鋪毯子。這不禁教我想起那年有次家族聚餐，飲饌間，天南地北聊，聊及姨丈時，二姨家表哥不知哪聽來的八卦，說當年大舅媽家有個養女，大舅本想把那養女介紹給姨丈，但思及她國語不靈光，日後相處溝通恐有問題，才介紹三姨。後來，大舅媽家的養女嫁給我二舅，成了我的二舅媽。

也是那年，某日，我和母親到二舅家，玩笑問二舅媽是否真有那事。九十歲的二舅媽說得連皺紋都笑了：如果當年嫁給于哥哥就好命了，你看你阿姨，不用煮飯洗衣，兩隻手白皙皙，然後轉頭看突然龜縮沙發一角的二舅，大嘆嫁給這人，整天只會讀書，什麼都不會……

日前又去探望姨丈，他正在讀報，不時拿下眼鏡揉眼睛，嘆視力愈來愈差，我說我也是，上星期才又新配一副老花眼鏡，然後戴上眼鏡，和他一起看報紙。他大笑，隨即舉起食指，彎著彎著，說自己太老了，快死翹翹了。

母親與她的兄姐

母親心心念念好久沒和兩位阿姨及舅舅共聚，我於是載她出門，順便去接三姨、表姐，再去接二舅，然後一起去二姨家。三位長輩，上下車都要人照顧，二舅走路不穩，更須一路攙扶，還好有表姐幫忙。

二姨額前夾了一支小花髮夾，看到我們神色歡喜，笑得眼都瞇了。她洗腎將近一年，白胖豐腴轉暗沉消瘦，醃菜乾似的。上一回我們來探望時，她兩手無意識地輪轉，向前幾圈又退後幾圈，照護的外勞說醒著時一直如此，奇怪的手勢彷彿咒語般詭譎，這回沒了奇怪的動作，還特地站起來緩步移動，我們不約而同為她鼓掌，稱讚她進步很多。

大家圍坐，三姨說，要來考試囉，一一問起二姨，這位是誰那位是誰。不到五分鐘，二舅開始閉目養神，喊他，睜眼笑笑又繼續，早上他通常要睡回籠覺的，只好讓他休息。

二姨重新點名，這位是春美，妙子的女兒，這位是嘉莉，富美的女兒。一會兒，表哥端茶過來，二姨說，這位是我兒子，又緩緩移動視線，再次介紹這位是春美，然後，看著表姐：這位是嘉莉，從美國回來，媽媽最歡喜了。又看著我：春美常開車載妙子出去，妙子最好命。

二舅張眼笑笑，又繼續打盹。

長輩們相聚，不免又憶起昔日時光。母親和二個阿姨談起小時候一起種菜，一起挑糞水施肥，去農會挑米糠、掃竹葉、捆枯竹生火等等。須臾，母親小小抱怨：你們升上初中後，這些事就全部丟給我了。

二個阿姨沉默，之前也是沉默。我不禁又想起母親多舛的命運。

母親出生不到十個月外祖母病逝，外祖父把她送人領養，然後，在外另組新家庭。七歲那年，母親左眼因意外受傷，瞎了，養父母又不幸因痢疾先後離世，她只好回到原生家庭。她的阿嬤，我的外曾祖母認為母親命中帶剋，現下又多了一個孫子要養，不喜歡母親，打罵是常事。母親覺得自己像養女，個性變得膽小怯弱，凡事畏縮。

最讓母親委屈的是她讀小學時，外曾祖母要她每晚過濾從井裡挑回家的水，以備翌日飲用。那水流經層層蛇木、大小碎石及木炭，滴滴答答，濾完一缸水已是凌晨十二點過後。她因此上課天天打瞌睡，老師喊問，她只是杵著，為此多次被罵。

外祖父是小學校長，而母親求學過程中，常因沒鉛筆沒簿子沒按時繳學費遭老師處罰。同樣失去母親，阿姨舅舅們，求學順遂，後來大都任職老師，母親國小畢業後卻被留在家裡幫忙雜務，直到嫁人，又所嫁是個日日買醉的賭夫。

若有若無的尷尬中，母親回憶起她住養父母家中時，二姨和三姨曾相偕探望，約四五歲時，她們帶她回家，她走不動，兩個姐姐輪流揹。回到外曾祖母家時，有次她不小心打破碗，二舅就說是自己打破的，免得母親挨打。然後又談起颱風事，那時大姨北上工作，大舅到外地讀書，二舅不過十來歲，每次屋頂毀損，都是二舅和三姨爬上屋頂，母親遞瓦片給他們覆蓋。稍長，二舅闢墾屋後菜園，連增建的浴室也是他親手搭蓋……

每回聽母輩談起這些，明知外婆早逝，外公在外又有新的家庭，仍忍不住一次次故意問起「你們的爸爸去哪？」三姨和母親一笑。以前在二舅家談起這些，二舅和舅媽也是一笑。

靜默片刻，二姨開口了，但她談的是最近常夢見大舅對她說「來啦來啦」，說他那兒很好，邀她去。表姐請她別理大舅，下次再找，就回他「別吵，時間還沒到」我接續說「告訴大舅，沒空，以後別來亂了。」大家呵呵笑，二舅張眼，跟著大家一起笑，納悶問起，大哥不是做神三年了？看著我，又一笑，這位不是春美嗎？再看看二姨，說，很久沒來看你了。二姨又重複夢中的話，母親安慰二姨：是你太思念他了，年紀大了自然要走的，不要再想了。但，母親何嘗不想念大舅？大舅過世後一年多，某日，母親與我茶敘，說茶葉是舅舅送的，她捨不得喝，剩餘的半罐喝完再也喝不到了。

二舅養足精神後，眼睛炯亮，鄭重向大家介紹坐他旁邊的我母親，這位是月妙，日語名字是「妙子」，她是我的妹妹。「我的妹妹」聽來如撫一塊好玉，溫潤綿密。第一次聽到二舅說「我的妹妹」時，我還在讀國小，那天他來探望我們，瞄了一眼廚房水缸蓋上散亂的牙刷牙杯，翌日就買了牙刷架來，幫忙釘上牆後，轉頭摟著母親的肩，笑著對我們說，這是我的妹妹，你們要好好照顧她喔，那是二舅對母親的疼愛與無奈。之前，我陪母親去探望他和舅媽時，他興來也會摟著母親，對我和舅媽呵呵笑，說：「這是我的妹妹」。猶若幾分過去曖曖內含的溫馨中，有時，微微的惆悵自心底隱隱生起。

幾年前，母親娘家的老瓦房要拆掉，蓋大樓，二舅天天騎腳踏車回去觀望，發現門被偷了，接著窗戶被拆了，然後是牆面消失了，連屋樑也不見了。直到挖土機開進來，他流著淚看著曾居住八十幾年的房子，牆傾，屋倒，塵土飛揚，夷為平地。飯店興建時，二舅依然天天回去看，像一名盡職的監工。此後，二舅抑鬱寡歡，漸漸地，走路步伐變小了，話少了，白天睡覺時間變長了，短短幾年，所有關於老的事情一件一件發生在他身上，尤其是記憶。

二姨看著大家，說三姨頭髮白了，母親頭髮也白了，只有二舅還有黑髮。二舅說他的也白了，大家的頭髮都白了。然後，三個老人相互翻看頭髮，二姨發現母親後腦勺新長出的髮是黑的。母親安慰二姨，說她才九分白，多吃黑芝麻，新長出來的頭髮就慢慢轉黑，二姨聽了彎起食指，回以等長出黑髮她就死翹翹了。然後，重新說起夢裡大舅常常來找她。表姐仍回以「別理大舅」。二舅一聽，張大眼睛，像是突然發現表姐的存在：咦？你不是住美國嗎？你是嘉莉？你住德州？是啊，我們剛才一起搭春美的車來看二姨。二姨問起表姐什麼時候回美國？過完農曆年。還有三個多月，那還很久。「還很久？」三姨輕輕一笑，笑中有無奈。

二舅的視線移到三姨身上，向大家介紹：「這是我姐姐，富美。」三姨沉默，像是提早沉浸在表姐返美的思念中。母親開口了：大家這麼多歲，還能聚在一起，不簡單。我和表姐開始算起在場年歲總和，母親最年輕，八十八歲，二舅九十歲，三姨九十二歲，二姨九十五歲，計算機一按總共三百六十五歲，一陣歡笑聲。又加上我和表姐各是六十一歲、六十五歲，我向大家報告，總共四百九十一歲，再次揚起一陣歡笑。須臾，二舅問表姐，羅莊那兒有個阿嬤，你還記得嗎。記得啊，你喊阿嬤，我喊阿祖，她纏腳，常常在正中午，頭上蓋著一條毛巾，抱一盆衣服，踩著石子路，去圳溝邊跪著洗衣。表姐話未完，二舅又開始閉目養神。二姨也想起她的阿嬤，說她習慣用木槌敲打衣服，二舅可能聽到「打」，突然張眼問二姨，你被她打過嗎？眾人大笑。母親補敘，阿嬤連抹布都要打，把髒水打出來，打得澀澀的。她最愛乾淨了，洗衣服前，都要先幫她準備兩桶餿漿，一大一小，小桶用來浸她的裹腳布，大桶浸她換下來的衣服，浸過洗得更乾淨。兩桶都洗好了，再浸粥水，這樣衣服就可以洗得白皙皙，晾晒後直挺挺。

母親說完阿祖的洗衣習慣，須臾，二姨突然為大家介紹二舅：這位是宏祺，我小弟，簡介後隨即說起三年前離世的大姨：我們的大姐阿雪吃到一百歲，她是冬天出生的，所以日語名字叫「阿雪子」。二姨話鋒一轉，又談夢中事：大哥最近常來邀我，每次都喊，素珠，來啦。素珠，這裡很好，快來啦……

這些是去年冬末的事了，也是我們最後一次聽二姨說話。

就在不久前，二姨血液透析過程中，腦部血塊阻塞，昏迷指數七，醫生發出病危通知。期間，三姨膽囊結石住院，出院後又尿道感染住院。三姨身體康復後，得知二姨昏迷多日，隨即走向大門口，仰頭對天說：求老天爺讓二姐快快好起來，如果要把二姐帶走，就趕快帶走，不要折磨她。

將近二個月，二姨奇蹟似甦醒，但身體左側癱了，語言區也受損。出院後，我再次開車載長輩們去探訪，大家圍著二姨聊天，但她只是定定瞧著，點頭搖頭回應，無法如去年久坐長談。二姨回房休息，我們也準備離去，房間傳來日語兒歌，三姨和母親又進房間，二人站在床前跟著藍芽音響唱起「稻草人」、「遊夜街」、「布穀鳥」給二姨聽。

母親與舅姨們成長過程中不曾爭吵，各自開枝散葉後，還時常往來探望，即便老來行動不便，過年時，表哥表姐表嫂依舊會載他們來拜年。母親與三姨家距離最近，若是較長時間沒去，三姨就搭計程車來看母親。大姨住台北，生前，他們照樣一段時間相約一起探望，大表姐更是費心，年年為大姨辦家族聚餐，還特地請遊覽車來宜蘭載大家前往齊聚，讓大姨歡心。羅東的大表哥也是年年設宴。我曾納悶問起母親，世間怎有這般手足情？她說，可能從小沒了母親，父親又不在身邊，情感因此更深吧。

「亨」壽

我打電話轉知堂弟，三嬸出殯後的神主牌要放在公媽龕旁，等對年再合爐。堂弟說他媽媽生前早已把神明公媽請走了。那，先放桌上，家裡有小桌子嗎？他說不清，也沒有手機可以拍給我看，出殯日在即，我只好親自到場看看。

幾十年沒去三嬸家了，遠遠就認出三叔生前親手釘製的綠色防蚊紗門，然而門框傾斜，紗網大幅反捲，大概連野狗也防不了。進屋，天花板一塊塊翻掀，強颱侵襲般。時間在磨石子地面踩踏出一條煤黑，把我的視線一路曳引到廚房。水槽裡躺了幾隻碗，一旁有半掀蓋的電鍋，飯桌在另一側，我無意細瞧飲食。

三叔生前是木匠，常工作到晚上七八點才回家，靠著一個墨斗，溫飽一家人。這個「家」是他一手打造裝潢的，但眼前已卯榫鬆脫，歪斜坍塌，我忍不住碎念：家裡髒成這樣，你們從不打掃嗎？小堂弟瞇眼又眨眼，看向一旁又偷偷看我時，目光和我對上，瞬即低頭，結結巴巴勉強吐出「知，知，我知啦。」大堂弟不停地點頭，似笑非笑，尷尬難分，然後，眼睛發亮，一種成就感洋溢在臉上：姐，神主牌已經找到了。

他逕往樓上奔去，我跟隨其後，這才想起有段時間三嬸回老家常埋怨家運衰敗，神明公媽沒保庇，乾脆都請走，省得拜。一會兒，堂弟雙手環抱著兩個公媽牌與我錯身之際，突然，喀拉一聲，其中一個公媽牌掉在地上，滑出木片。我正想代他向祖先道歉，他已速速撿起塞進懷裡。未料在神明桌前又是喀拉一聲，任意丟置。我上前幫他擺正，這才發現深褐色的公媽牌位內板底部紅紙褪去大半，正中行可勉強讀出「堂上歷代高曾祖之神位」，兩旁只剩「民國」和「陽上裔孫奉」幾個字。

「陽上裔孫」讓我想起祖母是獨生女，為傳香火，故小堂弟姓氏第二個字從祖母姓，那麼這個牌位應該是祭拜祖母娘家的祖先了。另一個牌位只是積塵，尚稱完好，上下對聯「百代孝慈高仰止」、「萬年支派永長流」，橫批「祖德流芳」，充滿庇佑的金箔字，一筆一畫猶閃著祝福的光彩。那是我讀國一時，三嬸一家人搬新家，從家裡祖先牌位「割火」出去的。

我七歲時，三嬸嫁過來，大廳多了一部可以上鎖的電視，不久，可能三嬸用不慣傳統大灶，廚房又多了瓦斯爐，此後與我們分煮，祖父母輪流在兩張菜色懸殊的飯桌吃飯，而我有幸得以趁三嬸午睡時，多次偷吃她滷的豬肉。

與三嬸同住時，她經常提起自己出嫁前長髮過腰，每天睡到日頭晒屁股，不曾煮飯做菜洗碗洗衣，許多家事都不勞她動手。我很羨慕，也好奇像三嬸這樣的大小姐，不但長得漂亮，那雙水汪汪的杏仁眼更是迷人，何以遠從竹南嫁進宜蘭一個窮苦人家。問了祖母，原來三叔在她家鄉當兵時相戀，不久懷孕，加上年過三十，遂在三叔退伍前就論及婚嫁。但她那麼漂亮，為何晚婚？祖母一嘆：「刺耙耙兼貧惰，誰敢娶！」

三叔小三嬸九歲，臉上很多痘疤凹洞，平日穿著邋遢，身上穿的多是別人或他連襟淘汰的舊衣，看起來遠比三嬸蒼老許多。他憨厚寡言，三嬸說什麼都點頭。工作所得全交給三嬸，每日零用很少，和母親給我們的差不多，我見過三叔出門工作前向三嬸伸手要錢，換來碎碎叨念：「便當從家裡帶去，口乾就飲水，你還要買什麼？家裡有兩個囝仔要飼，要儉……」三叔沒多說，轉身背上帆布工具袋，騎上腳踏車，我看著他的背影漸漸遠去，終於明白何以鄰人常嘲諷他「驚某」。

三叔本就沉默，愈來愈沉默。逢吃大拜拜或朋友請客，酒愈喝愈多，從小酌到微醺，變成狂飲失態。幾次踉踉蹌蹌回到家，總以佈滿血絲的眼睛環視屋子裡每一個人，然後，狠狠盯住三嬸，須臾，憤怒的髒話排山倒海而來，與此同時，瘋牛般抓到什麼摔什麼，連腳踏車、飯桌都能摔，模樣實在嚇人，想必內心積壓了太多的鬱悶。翌日酒醒，判若兩人，領了零用錢，又默默背上工具袋，騎腳踏車工作去。

三叔在老家發酒瘋，還有我父親和四叔可制服，搬家後，三嬸多次回來抱怨哭訴，甚至責罵祖母沒有管教好三叔。祖母無言，只有飲泣。有一次，三叔去吃大拜拜，酒後騎機車撞上公路護欄，頭部破裂，當場死亡。彼時，兩個堂弟都還在小學就讀。我驚訝，沒有太多悲傷。回憶三叔生前在酒裡在鬱悶裡反反覆覆來來回回，多次因酒摔得額頭、手臂腿部撕裂傷，也曾撞斷鼻樑，這次一命歸西，或許是另一條生路。

三叔過世後，經濟來源斷了，三嬸曾到成衣廠工作，也曾到工寮種香菇，到私人果園幫忙除草。她常說，小堂弟腦筋不好，以後有工作就好了。她把希望寄託在大堂弟，盼日後能「坐辦公桌」，求學期間讓他去補習，然而大堂弟的功課永遠倒數，補習班逃課，高職畢業後入伍還逃兵。

後來，大堂弟進工廠，娶了越南妻子，生了兩個小孩。然而，弟媳常和同鄉聚賭，三嬸不悅，兩人不時吵架，堂弟護妻，但萬萬沒想到，有一天兩夫妻把三嬸多年積存全部提領，從此消失。

三嬸遭逢兒媳如此對待，許是傷心過度，記憶力大退，忘東忘西，有時說話顛三倒四，每次見面，都要我幫小堂弟找工作，說紅包給多少都沒關係。某日傍晚，三嬸回老家，神情恍惚說要找三叔，母親一時不知所措，所幸堂弟的表姐開設安養院，平日也常關心三嬸一家人，三嬸順理成章得以安置。

母親多次找我一起去探望三嬸，忙碌是我最好的藉口。十多年來，我陪母親去安養院的次數，十根手指都數得出來。第一次在安養院見到三嬸時，她很高興，說那裡很好，免費吃住，再也找不到那麼好的地方了，邀我們一起入住。最後一次前往時，她已經不認得我們了。

期間，小堂弟不論晴雨，幾乎天天回老家吃飯。他食量大，也挑食，母親煮飯做菜，都預估了他的量。有時我們外食，母親便給他錢。我有時牢騷堂弟懶，鼓勵他去工作，但他實在懶，大樓打掃三天喊累，花圃除草二天落跑……。有時我也嘀咕母親把他慣壞了，明示母親將來百歲年老，誰弄飯做菜給他吃？母親也無奈，有一次她頓了頓，表示無論如何，這裡也是他們的家。

大堂弟一消失十幾年，有一天，突然出現。原來這些年淪落到萬華，有時當舉牌工，有時出陣頭假吹樂器充人數，而兩個小孩早已經喊別人爸爸了。我不免思及每當歲末年終時，關懷街友單位常發出諸如此類口號：「你知道我的苦衷嗎？」「每個成為街友者背後都有一則故事。」「……」小堂弟依舊天天來家裡報到，過去未提領的所有低收及此後每個月的低收全被他哥哥領走。

不久，幾個街友住進堂弟家，其中一個懂炊煮，也好，小堂弟終於可以在自己家吃飯了。但，醬油沒了沙拉油沒了，熱水爐壞了，水電管線重換……，大堂弟都唆使小堂弟來找母親要錢，有時以少報多。母親多次表示她沒錢，卻還是都幫了忙。

轉眼，兩個堂弟已過天命之年，彷彿忘了還有一個母親在安養院。而安養院無償照顧他們的母親這麼多年，不免也有怨懟。有次院方怒斥：「這兩個死囝仔，自己的老母無法照顧也不來看。以後自己的老母自己顧。」某日，安養院真的把三嬸送回他們家。翌日，兩兄弟把三嬸推來老家。時值冬日，三嬸衣著單薄，發呆瑟縮在輪椅裡，母親趕緊給她加了外套和襪子。但不到一星期，院方終究不忍心又來接回。聽說，回去時，三嬸瘦了二公斤，臀部破皮，差點就長褥瘡。

有一天，安養院打電話告訴兩兄弟三嬸送醫急救，情況危急，要他們趕緊到醫院。然而，打了第三通電話，兩兄弟還賴在家裡，說是在洗衣服，終究沒見上母親最後一面。後來兩兄弟拿著三嬸的死亡證明書和葬儀社電話來找我母親處理後事。

入殮前，母親說要給三嬸帶幾件衣服，好讓她在另一個世界四季替換。問起堂弟，堂弟說她的衣服全丟了，家裡沒有她的衣服。迎面而來的冷風教人發顫。我突然想起，三叔入殮前，爸爸和四叔要幫他換穿衣褲時，衣櫃抽屜翻找，全是別人穿過給他的，四叔只好匆匆上街幫他買了一套西裝和幾件衣褲。沒想到三嬸和三叔一樣不堪。所幸時辰未到，我和弟弟趕緊下山去買。車行中，四散的記憶紛紛聚攏，我和弟弟片刻靜默後，不約而同提起三嬸，也談及記憶中的三叔。

小弟對三嬸的腳趾最深刻。他說，三嬸常莫名脫掉一隻拖鞋，伸出腳，張開腳趾，狠狠地擰他的小腿，還轉了一下，擰得好痛好痛。我笑說前幾天兩個妹妹也提了，還說，不明白三嬸為何要擰她們的腿，當初怎沒想到要告訴母親。我年長，三嬸不敢擰我腿，我的記憶也美好許多。

三嬸的姐姐和堂妹因丈夫工作的關係，也定居宜蘭。她們偶爾下午來找，三個女人在房間聽收音機，談天。三點多，賣米粉羹的阿婆來叫賣，三嬸習慣喊我幫她們買三碗米粉羹，我每次都希望她給我四碗的錢，但總是失望，買好後只好先各吃一二勺，小心吃，避免撥動黑醋和香菜，日積月累，也吃了幾碗……。

我買了四季可以替換的衣褲，外加一件紅色羽絨衣。母親在有口袋的衣褲裡一一放了紙錢，仔仔細細檢查後再一件件摺好，交給化妝師。蓋棺前，葬儀社說我的生肖犯沖，不宜瞻仰遺容。母親說，三嬸化了妝還是跟以前一樣漂亮。那當然，她曾經拉皮。

頭七。出殯前一天擇吉時做滿七。出殯。火化。從火葬場回來是百日。陰間陽間時光各自飛逝。

我與弟弟經過討論，終究不忍心讓三嬸的牌位供奉在一個破敗的家，於是幫她找了一個塔位。這樣也好，祖墳就在附近，清明掃墓可敦促二個堂弟一起去祭拜他們母親。

進塔日突然想起堂弟捧落公媽牌一事，顧慮他能否捧好三嬸的骨灰罈，覺得該找一條紅色大方巾包覆較妥當。家裡東翻西找找不到，靈光乍現，我車上有一只大購物袋，明知輕率，對亡者不敬，但想必三嬸能諒解。

到了塔位暫厝室。我把購物袋攤開在桌上，示意堂弟抱起骨灰罈，小心放進購物袋，再把兩個提耳套在他肩膀，確定安全無虞後，我對三嬸說：你的塔位選在梅園五樓，現在要帶你去，你一路要跟好喔。

車行至梅園，告知三嬸，請她下車。地理師已在場候著。我們祭拜三尊菩薩和三嬸後，俟進塔時辰，我瞥見骨灰罈上貼著紅色香火袋，那是三嬸的魂帛，細看，上面寫著她的農曆生卒年月日，「亨」壽八十四歲。設若三嬸的人生通達順利，「亨」壽倒是個美麗的錯誤，然而，三嬸像一顆油麻菜籽，飄落在命運乖舛的土壤上，我於是從包包裡找出簽字筆，在「亨」上加了一橫。

白首話當年

一談起從前，阿琴嬸的起始句常常是「講起來，天就烏一爿」，然後就怨起我祖母。

我祖母是職業媒人婆，當年，阿琴嬸由她作媒，嫁給稻埕裡的大地主，母親也是祖母作媒，聽說她逕自向外曾祖母要求母親給她做媳婦。母親和阿琴嬸同一年嫁進稻埕裡，翌年年底，阿琴嬸生了一個男嬰，不到一個月，母親生了我。

阿琴嬸說那時我祖母去她家說媒時，說冬山第一好額縣長陳進東，第二好額朱田東。朱田東就是阿琴嬸夫家的阿公。但是，在她訂婚後某一天，未來的公公生病了，去探望，見一厝間全是草絪和莖稈，牆壁糊牛屎土，門楹樑柱也蛀蝕了，心想，自家是紅磚厝，要嫁進來的好額人的厝怎破破爛爛？

又說，嫁入門那天，她婆婆看著各樣嫁妝，看著大浴盆裡稻穀上頭擺了很多金飾，外圍密密匝匝，斜疊一大圈鈔票，一會兒，有意無意說起我母親嫁過來時，金子都拿去幫我祖父還賭債，結果，第二天，那些鈔票全被婆婆拆光，拿去付宴客費用，又說，好里加哉，前一晚她把金子收進房間，否則，金子恐也全被拿走。

歸寧日，她阿母、阿姐、姐夫看到她身上多處被蚊子咬腫，紛表不捨。這才說起新娘房前天井養了一群雞鴨，後面是豬圈，房間很臭，蚊子很多，她整晚在打蚊子。那日要返回夫家時，她阿母準備兩個米糕，上頭各圍了一圈紅包，還給她一個掛頷錢，一家人送她和丈夫到路口，她邊走邊想，實在不想回去，就這樣一路哭回家。

進門，她阿母給的紅包和掛頷錢又全進了婆婆的口袋。後來兒子滿月回娘家，她阿母阿嫂阿姆阿姐小妹給兒子的掛頷錢幾乎掛滿脖子，回到家，一腳才迒過戶定，婆婆隨即接過兒子，收走全部的掛頷錢，只留給她十二元。

阿琴嬸談著談著，談起她頭胎生男嬰，丈夫去她娘家報酒，回來時，挑了十二隻紅羽和黑羽土雞，每一隻都六七斤，肥得挑不動，一路休息了好幾次。適巧我母親也在一旁，她不語，回到家裡竟感嘆她生大弟時，娘家給的雞只有六隻，且是白羽肉雞，為了討吉利，在雞羽上塗紅朱膏。母親苦笑，說那樣很難看，然後嘆起自己從小沒了母親，父親在外另組家庭，事事不如人，還好我祖父母不介意這些禮俗，往後也對她很好，從未數落她任何，雖然所嫁好酒嗜賭，對家庭不負責任，但上有公婆疼惜已經很好了。

比起阿琴嬸，母親說她只是為錢煩憂，阿琴嬸則辛苦多了，過去我總不以為意，這幾年斷斷續續聽阿琴嬸細數從前，無怪乎她老埋怨我祖母「媒人喙，糊瘰瘰」，說我祖母那張嘴害她整天事情做不完，連喘氣的時間都沒有。

原來，彼時祖母到阿琴嬸家說媒時，除了強調朱家土地多，更強調對方男子在林務局從事檢測工作，田地事則隻字未提，阿琴嬸心想，自家種田，阿爸像牛做得半死，自己也差不多，要嫁的人家不務農，以後生活應該較輕鬆，嫁過去才知，夫家田有二甲，比家裡更多，怕嫁給種田的，偏偏又嫁入種田人家。

阿琴嬸多次表示我祖母常幫忙家事，而她嫁進門後，婆婆頻往隔壁人家玩四色牌，家事全丟給她。阿琴嬸的婆婆之上還有一個婆婆，也就是阿琴嬸的阿嬤，因此，每次婆婆去玩牌都假裝提雨靴、　鋤頭要去菜園工作，出門後，再把東西藏在簾簷下，趕緊溜去玩。吃飯時間到了，她阿嬤找不到人，阿琴嬸就幫著圓謊，說還在菜園忙，然後去隔壁通報。

阿琴婶常說，出嫁前在家還可以休息，嫁過來回娘家作客後第二天，天未亮就起來煮稀飯，準備便當，最多一天要準備七個。還要洗全家人的衫褲，洗之前得先浸潘泔，或浸茶粕仔，說這樣才洗得白，洗好再用粥水漿過才晾，說這樣衣服乾了才挺。又說她五姑患有脖子病，要吃紅花燉瘦肉，因是車掌小姐，每天燉好要送去約定的站牌下，等她的車班，親手交給她。然後，去菜園斬豬菜，回家剁豬菜，煤豬菜，飼豬。若見桌仔椅條髒了，也要扛去圳溝刷乾淨。

三年後，她二叔娶妻，以為家裡多一個人可以幫忙家事，結果，二婶沒煮過一餐飯，整天躲在房間。妯娌不是要一起分擔家事嗎？原來二婶家境好，生性嬌，加上婆婆寵倖，連懷孕害喜，今天要吃甜的蕃茄炒蛋，明天要吃鹹的，都要煮給她吃。二婶生產後，阿琴婶幫她做起月子，並且親自送飯菜去她房間，提水去她房間幫嬰兒洗澡。鄰居阿福姆仔看不下去，幾次跑出來罵，遮好款，插潲伊。

過去一年割二次稻，逢農忙時期，阿琴婶一天要煮五餐，每餐都要煮二張大圓桌，師傅吃飽還要燒熱水給他們洗澡，倒是她阿嬤很疼她，雖纏腳，當她煮飯燒熱水時都會幫忙「顧灶孔」。收割後，稻子要脫粟曬粟翻粟，她搖頭嘆說整天一直做事，不得歇息，骨頭都快散了。直到公公把田賣掉，她才稍稍得閒，然而，丈夫五十歲那年，山上工作時腳受傷，無法繼續任職，從此家裡沒有收入，於是她開始做手工、幫幾戶人家洗衣服，之後幫人帶小孩，前後帶了五個。

後來，她阿嬤生病了，她每天幫她擦洗身體，餵食，悉心伺候。公公生病後，阿琴嬸已娶媳婦，媳婦下班回來，會幫忙。白天，公公愛看摔角，自己會走路去客廳，但久坐起不來，阿琴嬸就揹他，有時揹不動，就半拖著走。有一夜，公公拉肚子，弄髒了被子和草蓆，她婆婆躲得遠遠的，丈夫看了差點吐出來，她叫他們都去睡覺，自己把被仔換掉，擦拭草蓆，縫隙拭不著再用牙籤慢慢撖，撖好又用水洗，又拭，末後才拿吹風機吹乾……

「若講起較早，天就烏一爿，攏是恁阿嬤害我嫁來遮。」阿琴嬸長嘆後，又怨起我祖母，然後說她九十了，公婆都做神了，以前勞累過頭，老來遮痠遐疼，欲死又死袂去，哪會按呢？

兩個老嫗

在我童稚時期，母親的身影是匆忙的。清晨，她捧一大盆自家與別人家的衣服跪在圳溝洗，洗好快步去罐頭工廠上班，加班又加班，從未見她閒下來慢慢喝杯水，或去鄰家和阿姆阿嬸阿婆聊天。若往阿琴嬸家去，定是米缸空了，捧著鍋子去借米，或者要些粥水回來給我們喝。

母親與阿琴嬸都像不斷電的機器人，每天睜開眼睛就忙碌到半夜，臨老，公婆病痛要服侍，公婆走了，兒女也長大成人，肩上的擔子卸了，這才見到她們步履悠閒，聽收音機睡午覺，熱天時，坐在屋簷下簇圍聊天。近十幾年來，稻埕裡的叔伯嬸姆輩，一一被時間拋棄，母親和阿琴嬸是僅剩的兩個，她們的晚輩外出工作，遷居，嫁人，常常都是一個人坐上飯桌。懶得炊煮時，路口買碗麵吃，或者，前一夜剩菜剩飯熱了囫圇一餐。

我察覺到母親胡亂吃，說話沒元氣，總是自覺內疚。有段時間，我載母親到我家一起吃中餐，晚餐由妹妹陪，阿琴嬸的媳婦則買午餐回來給她吃。直到去年，所屬社區辦理長青食堂，還有送餐服務，於是兩家一起為她們訂便當。

我每日約莫上午十一點半回娘家，推開家門，桌上都已備妥二副碗筷和便當，母親正等著我去自助餐店另買些菜來共餐。

有時下午回家，車門一開，阿琴嬸家窗下的收音機，傳來廣播電台播放的閩南語歌曲。往家裡行去，未進門，廚房飄來同一個頻道節目，兩個老人長期固定收聽一個專門行銷藥品的廣播頻道。她們共同喜愛的主持人，還能在這樣的午後一搭一唱多久？我多次站在被大樓公寓包圍，如古井般的稻埕裡，心就被那噪音啄了一下。

漸漸地，兩個老人有了更多的往來，時而問候閒聊，若兒女買了好吃的回來，九層炊、水蜜桃、紅豆湯圓等等，不忘親自送去對方家裡。或許同時嫁做人婦，同時為人媳為人母，這般特殊情感，使得她們老來相互珍惜疼愛。

八九年前，阿琴嬸身上多處莫名瘀青，有一天晨起刷牙血流不止，送醫，診斷是凝血功能出問題。在羅東住院又轉赴台北榮總治療，期間，母親聊及稻埕裡同輩老人一個個被「收走了」，只剩她們倆。一個多月後阿琴嬸出院，所幸幾星期後氣色如往常紅潤，至多喊腳麻腰痠。

年初，母親因腸胃病毒引起血管發炎，下肢疼痛終日臥床，連著幾日，稻埕裡少了她的身影，阿琴嬸問起，便來探望。

那日冬雨綿綿，她一手撐傘，一手端著一盤煎得微焦的蘿蔔糕前來。我趕緊上前，扶往母親房間去。阿琴嬸坐在床沿。母親捧著碗，讚賞蘿蔔糕好吃，煎得漂亮。阿琴嬸要她趁熱吃，又把桌上那盤端起，要母親再夾一塊進碗。阿琴嬸看著母親一口一口吃，母親神情滿足自在，窄仄的房間裡，一張單人床，兩個白髮老嫗對望，有一句沒一句瑣碎碎，我回廚房備餐，掀開鍋蓋的同時，不知為何，眼睛微熱，鍋裡紅綠菜蔬一時模糊了起來。

本是冤家

母親說，二姑和姑丈都八十幾了，回來不方便，要我載她去探望。去二姑家，是否又要聽姑丈碎碎念？母親不知如何回答，無奈一笑。

二姑家臨馬路，騎樓前擺了六個大型水泥盆栽，白實線旁又置放二個套了輪胎的橘色交通錐，大概只有姑丈才想得出這麼周全的謝絕停車方式吧，然而，這裡沒落多年，商家寥寥，車流量不高，他不開車，兒子不常回來，實在無需如此大費周章。我把車停在他家隔壁，才打開車門就聽到屋裡傳來兩老說話聲。二姑生來大嗓門，姑丈左耳重聽，向來沉寂的屋子，飛出這麼有力的聲嗓，聽來甚好。

推門而入，迎來兩張蠟黃的臉。才半年不見，二姑又更瘦了，臉孔扁塌得像一張變形的餅乾盒。姑丈的背駝了，走路也慢了，他忙拿起桌上的口罩，發顫緩緩戴上。兩老同時招呼我們坐。姑丈說起脊椎長骨刺，腰挺不直，醫生要他開刀，但他怕萬一失敗會像李珮菁一樣終身坐輪椅，又說，都八十六了，稍忍耐一下，過一天算一天。

我拉著二姑的手，問起大表弟一家可好，這才發現她肩臂下垂晃著一張老皮，好像張開翅膀的蝙蝠。我提醒她肌肉已經嚴重流失，要多吃魚肉，補充蛋白質，話未完，姑丈急於說明，說二姑三餐正常吃，魚肉沒少，他還帶她去照胃鏡、抽血，也做一種身軀戩磅空那種檢查，都沒問題，後來又住院，全身檢查透透，也沒問題，出院後剛好村里長辦遊覽，他是鄰長有招待，二姑要自費，他替她出，帶她一起去。又說去年他就訂羊奶給她喝，一瓶三十二元，一個月九百多，一年也要一萬多……

母親誇讚姑丈的用心，並說，老來相互照顧最重要。我點頭稱許，稱許他胸前那隻算盤，內心又浮現過往種種。

前年得知二表弟病逝噩耗，我驚訝之外，思及十幾年前三表弟憂鬱症結束自己的生命，姑丈和二姑如何再度面對白髮人送黑髮人的悲慟。於是，當晚和母親及弟弟妹妹一起去探望兩老。

進門，屋裡暗沉沉，抬頭只見一條老舊的日光燈。姑丈談起二表弟病況，二姑接續談，看來都還平靜，教人放心許多。然後，他數落起二姑，說她一想到二表弟的告別式，就打電話給大表弟，問這個辦好了嗎，那個聯絡了嗎，不想想他開砂石車要專心，手機一天打好幾通，講了好幾次還是一樣，只會煮飯洗衣，什麼都不懂……。二姑似乎想表達什麼，而姑丈的前塵舊事，紛紛擾擾，說得假牙鬆脫，喀拉喀拉響，話題可望結束，豈知，半世紀前他算盤如何精算也一併細數。

他說，若不是他，哪有今天這麼舒適的樓房可住。說當初賣地給建商蓋房子，他就堅持要分路邊轉角厝，還說二姑因此在騎樓擺檳榔攤二三十年，賺了多少錢，又說，就算她沒擺攤，也可以出租收租金。接著大談房屋CP值，他說屋前是馬路，後有防火巷，右邊是巷子，熱天時，窗戶打開，風從三面吹來，免裝冷氣，電風扇也不必時時開著。又，巷子那支路燈，剛好倚在窗戶外，晚上，照進樓下客廳，日光燈開一支就夠了，樓上兩間房間也很亮，睡覺免開小燈，這樣，一個月就省多少電費，一年呢？住了五十幾年了，算算看，省多少錢？……

我與弟弟妹妹互瞅，企圖轉移話題，卻沒縫隙插針。

姑丈說起當年未娶時，若不是他常常去我大姑的麵攤子吃麵，經我大姑介紹，他也不會那麼倒楣，娶我二姑這個憨女人。又責備起二姑的嘴巴像擴音器，去年選舉，柱仔腳來分錢，一人分二千，交代不能講，她還是四處講。然後說起鄰居有人過世，出殯日，陣頭出去了，大家都坐下來吃飯，我二姑還在掃地，整理花圈，他叫她快過來吃飯，叫兩三遍還不過來，等穿黑喪服的都回來了，她才和人家擠同桌，不知情的還以為她吃兩餐……

二姑數度要解釋，但每次才開口，姑丈就要她閉嘴，說他話還沒講完，二姑這麼沒禮貌，要等他講完，才可以講，連這道理都不懂。

但，姑丈連珠炮似地，三天三夜都說不完啊。

接著，姑丈提到二姑寫字很醜，每次領紀念品簽名字像鬼畫符，小妹終於忍不住了，藉口明天還要上班，重要事先談，他才收尾：「叫伊平時要練習寫名也毋練，那種字和別人寫做夥，見笑喔，見笑死。」

告別式那日，二姑在會場上望著二表弟的遺照，不斷哭喊，阿裕，我的兒啊，我的兒啊。姑丈攬著她的肩，說，莫哭莫哭，自己也哽咽起來，那時，離家祭時間尚早，他們就這樣坐在一起，飲泣、拭淚，那是我從未見過的姑丈。

儀式結束後，我轉身欲離去，姑丈前來致謝，還從口袋掏出五百元要給我，說謝謝我們參加，要我和弟弟去吃中餐。我婉拒，速速離開。那樣的時空，多了那五百元的表演，我和弟弟莞爾一笑，悲傷沖淡了一半。

二姑和姑丈兩人性格截然不同，一戇直，一精明。我讀小學時，二姑每天從二結來羅東市場賣雞蛋糕，手推車都放我們家，沒賣完的雞蛋糕就送我們吃。那時我常聽她向母親訴苦，說姑丈虯儉兼雜唸，向他要錢像是割他的肉，母親告訴她所賺可私存一些，不必全數交給姑丈，於是二姑開始藏私房錢，也請母親幫她保管存摺，只是，這些積蓄和後來檳榔攤的辛苦私藏，全數借給二表弟做生意，有去無回。

二姑腸子是直的，說話常不經大腦。我聽過她對鄰家阿姆說：你家媳婦遐爾大箍，尻川斗遐大。還好，人家媳婦走遠了沒聽見，但我在一旁已冒冷汗。也曾聽母親說，大表弟媳和姑丈合不來，每次對二姑抱怨姑丈的話，她又說給姑丈聽，以致翁媳齟齬不斷，最後大表弟一家人在外租屋。

又，二姑做事沒有姑丈十分之一的嚴謹，還很迷糊。有一年，姑丈出國旅遊，她搭公車來找母親，一臉興奮說她放假五天，和母親聊了很多家常事，說起姑丈，愈說愈憤怒，愈傷心，便哭了起來，中午用餐後我開車送她回家。返回，才發現二姑的傘忘在家裡。翌日，我下班，那把傘不見了，多了一頂帽子。母親說，二姑戴帽子坐公車來把傘帶走，但帽子又忘在家裡。

雖然姑丈胸前老掛著算盤，令人討厭，我仍衷心祈願他身體康健，如母親所說，老來和二姑相互照顧。我與母親都起身準備離開，忽然，姑丈問起我和母親注射過疫苗嗎，哪種？他說他和二姑都注美國那款什麼納。莫德納。然後他拿起桌上一張疫苗注射通知單問我，什麼是「平台」？說這一兩年來新聞報導常常在講，問了很多人，他們解釋的他都聽不懂，又說通知單裡也有寫「平台」二字，說完逐句逐字找。我湊過去幫他找，發現二姑和姑丈都是注射AZ疫苗，我先解釋他們注射的疫苗和我一樣，是英國製造的，不是美國，然後幫他找到平台兩個字，他遞來一隻藍筆，要我圈起來。

我說明了，姑丈難以理解，於是舉了各種例子，LINE、醫院網頁、疫苗預約的平台等等，並加以解釋，他戴了助聽器仍聽得吃力，但很認真聽，稍稍不懂就追問，直到完全明白。然後又問起，疫情期間很多人在家上班，還可以開會，到底要怎麼開會……。二姑看姑丈不停地問，說他延纏、嚕嗦，問袂煞。

姑丈雖功利機巧，錙銖必較，但求知慾卻令人敬佩，幾十年來認為二姑所受的言語屈辱與鄙吝對待相當委屈，突然覺得二姑戇直欠伶俐，對姑丈而言，也是一種委屈。兩人源於「吃麵的兆頭」，但後來真像是施寄青說的「夫妻本是冤家，前世未報，這世來亂。」

離開二姑家前，瞧見屋外正好有兩把椅子，我請母親和二姑坐好拍張相片。喀擦幾聲後，請姑丈一起入鏡。他說等等，只穿一件內衣不好看，進屋裡加了一件襯衫，又戴上棒球帽。他要三老都站在大盆栽前合照。他和二姑的合照則以房子正面、騎樓前左右邊馬路為背景。

最後，姑丈移到騎樓外，要我幫他拍獨照。觀景窗裡，姑丈左肩上方牆壁掛著鄰長名銜牌，背景是一條長巷，那支光照一屋子五十幾年的路燈就在姑丈的右後方。

輯四——臭皮囊

大疫時期

媳婦產檢回來，說疫情嚴峻時期，醫生建議「計畫性生產」。也就是她和陪伴者先做抗原快篩及核酸檢測，待三天後檢測報告正常才辦理住院催生。如果這兩天有產兆呢？只能在急診室生產。

大前年秋末，媳婦產檢時，胎盤有鈣化現象，被醫生扣押留院，當晚催生。猶記得她在待產室密集陣痛時，緊抓著我的手，指甲深掐進我手心，如今，我無法在待產室陪她一起迎接寶寶誕生，也不能到醫院探訪，連月子中心的月子婆也已委婉建議將來視訊就好。過幾天寶寶就要和我們一起呼吸地球上的空氣了，但此刻已覺得彷彿遠在地球兩端。

原本期待在產房與小孫女見面，如今戰戰兢兢，天天對她說，乖乖待在媽媽肚子裡，千萬不要出來，等醫生阿伯叫你出來才可以出來喔。

瘟疫蔓延，生活起了巨大的變化，已連著幾個星期日沒和母親一起去教會做禮拜，慣常去健走的山封了，湖也關閉了，不知為何，只是日常進行的幾樣小事被迫停止，可一旦想起，竟有幾秒鐘湧上小小的悲傷。傍晚，屋外農路散步慢跑快走者，都戴上口罩。我等天黑人少，光著口鼻出門好好呼吸，但見前方一家人四張口罩，從暗處緩緩前來。算了。

現今，不戴口罩比光著屁股還丟臉，這也教我想起年輕時有段時間著迷相書，書上提及男人女人的下體，可從鼻子及嘴唇看出一點端倪，如今覺得沒什麼道理，但此時思及彼時，戴上口罩，彷彿遮掩另一種赤裸。

一直宅在屋子裡，筋骨僵硬許多。這樣吧，在院子裡東邊快走到西邊，再轉頭回到東邊，來來回回。狗狗以納悶的眼神看著我，以為她等著一起出去散步，關上鐵門，解開鍊子，讓她自由活動，她仍原地不動看著我，大概不解外面天寬地闊，我何以像隻倉鼠跑滾輪。

前幾天，宜蘭新聞報導，我慣常去買菜的菜攤，自十六日起，連續五天早晨有確診者足跡。然後，先生和幾位朋友在山下一起墾植的菜園，地瓜葉、空心菜、絲瓜等等，陸續遭竊。疫情期間，當是山豬猴子來訪，一笑。

雖然自家青菜不缺，但冰箱依舊要適時補貨。我對媳婦玩笑說：我，現在要冒著生命危險出門買菜，你們等著。

那家有確診者足跡的菜攤，在菜架上掛起消毒護貝照片，工作人員全戴起防護面罩，生意清淡兩天後又恢復以往。我排隊結帳時，莫名臉癢、脖子癢、鼻子癢、眼睛癢，每一個癢，都像一顆病毒飄落、滑動、穿透。是否平常就癢，不自覺東抓西抓。如今，想著家裡有個待產婦和二歲半的孫女，實在不安。於是回家後，我開門，喊媳婦拿酒精出來，噴灑每個袋子，再請她幫我消毒雙手，消毒我摸過的門把，然後，趕快進浴室洗澡。

每天晨起，拉開房間窗簾，有時天空陰灰，有時白雲湧動，河圳對岸幾棵海檬果樹，枝葉茂密，花朵潔白。世界沒有失序，但不少人的生活漸漸失序了。而我，煮飯做菜讀書寫字照樣，奈何家裡一匹驛馬，過去成天在外趴趴走，疫情升溫後，在家睡覺看電視玩手機之外，吹薩克斯風拉二胡吹口琴不打緊，另以卡拉OK伴奏。另一種災難降臨，無處可躲。

值此艱難時刻，仍有人在暗黑的林子裡遇見天光。

朋友的兒子近期要訂婚了，女方祭出的條件令她心力交瘁。疲憊之餘，但見媒人婆露出笑容說：「依中央流行疫情指揮中心指示，禁止室內五人以上聚會。」男方六人下聘公然違法，恐遭檢舉，先登記結婚吧。

大疫時期，唯一歡喜事。

一家團圓

小孫女就要週歲了，我借來大米篩，備妥抓週物品，媳婦也訂好蛋糕，買好佩佩豬裝飾氣球。但，抓週這天一早，媳婦確診了。與醫生視訊門診後，早餐移到客廳，草草入腹，隨即隔離。

須臾，大孫女說想睡覺，才躺下就哭了，原來是發燒。哭鬧中捅完鼻子。確診。怎麼辦？醫生說「關在一起」。我走到廚房洗杯盤，腦海裡閃現近日嬰幼兒染疫出現抽搐、癲癇，轉腦炎的新聞事件，杯盤沒洗完又走到客廳，但不知要做什麼，就這樣，無頭蒼蠅似的來來回回。我深呼吸，告訴自己要鎮靜，於是，回廚房洗好杯盤，消毒媳婦和孫女接觸過的桌面和椅子，尋找過去群組四處傳，卻懶得點開的「家裡有人確診了，怎麼辦？」相關訊息，再依各方指示，鹽水漱口三十秒，喝檸檬水、補充維他命D、喝防疫茶等等，凡能壯大自己，擊退病毒的兵器都穿戴上。

先前以為出門隨身攜帶小瓶酒精，可隨時消毒，家裡門口則置放兩瓶酒精，規定大瓶先噴右手，再以右手持小瓶酒精噴左手，如此，應是周全了。況且，媳婦下班進門，拿起酒精瓶，全身上下噴，包包也提起來四處噴，像是追殺一隻蟑螂般。可是，病毒還是躲進她體內。

三年前和幾名朋友從北京自助行回來，還沉浸在故宮、長城的回憶裡，武漢就發現新冠肺炎病毒，彼時以為武漢那麼大，沒啥好怕，不意短短幾個月，瘟神天女散花般，病毒擴散全球。總以為戰爭、瘟疫等大事件，是「歷史故事」，不會在我的人生裡上演。然而，疫情在台爆發後，我才想起小學時期，同學與鄰居皆因小兒痲痺病毒感染而不良於行，另一鄰居則因日本腦炎病毒感染過世，當年只知可憐，卻不懂得害怕。某日，與母親談及此，她說，那時最怕我們發燒，而大妹和小弟一感冒就高燒難退，她終日憂心重演鄰居的不幸事件，整晚無法入眠。

原本下午的抓週同樂，轉眼成了親友的掛念。母親來電關切，我請她安心，也讓她視訊看看小壽星。她活力充沛，四處爬，爬到圖書角，把姐姐的書一本一本抽出來玩，就當是抓週，抓了我期許中的物品。關掉視訊後，突然想起幾天前，母親特別交代，週歲這天，不要讓小孫女在地上爬，說是將來才好命。

將來？將來小孫女看了她姐姐的錄影檔，可能會咕嘟著嘴問起，為什麼姐姐可以抓週，有雞腿有生日蛋糕，為什麼她都沒有？思及此，又讓我想起去年的這一天，彼時值疫情高峰，媳婦清晨肚子痛，所幸前三天，依醫生建議計畫性生產，先做ＰＣＲ，是陰性就進產房催生，否則，只能在急診室生產。期間，我天天對著小孫女說話，你要乖乖待在媽媽肚子裡，三天後才能出來。小孫女果真聽話，說三天就三天。

要準備中餐了。打開冰箱，魚肉供應一週沒問題，蔬菜，自家菜園隨時可採摘。日常餐色營養本就重視，可腦海裡卻閃過確診者在臉書貼的各種美食照及感謝文，月子餐似的滋補豐盛。「煮什麼」隱隱帶來壓力，頓時成了我這資深廚娘的大哉問。

傍晚，妹妹送來清冠一號水煎藥給媳婦和孫女服用。礙於一家人都是病毒嫌疑犯，我戴上口罩，收下藥，速速隔著自認安全的距離訴說煩躁。小壽星聞聲爬來，她姨婆伸出雙手，一遍又一遍喊著她的名字，卻也只能隔空抱抱。兒子抱起小壽星向姨婆招手，轉身找起耳溫槍，原來小壽星也發燒了。醫生說，一歲的鼻孔太小了，不必捅，確診無疑，都關一起，然後玩笑問起，還有哪些人同住，需要幫忙叫外送嗎。

翌日，妹送來水果，送來母親燉的一鍋魚腥草雞，說是可以增強免疫力。也提醒我們三人在家要戴口罩，用餐要分食，以免其中有人染疫又被感染。我說好。心想，至此，免疫力強者，猶如頭戴金鐘罩，身穿鐵布衫，怕什麼，自在隨意吧。我把「月子餐」送到房門口，喊「吃飯囉～」房門內傳來奔跑聲，然後是一聲又一聲「阿嬤～」，喊得我眼睛都辣出水來。回到餐桌，幾縷寂寥油然而生，不久，頭頂的天花板傳來蹦跳聲，平日聽而不聞，此時，每一記聲響，在在令人安心。

居隔第三晚，餐間，突然一股熱流由腳底竄上，體溫節節上升。我說，該來的逃不掉，輪到我了。問起兒子和先生身體狀況。都說喉嚨有點怪怪的。飯後一起快篩，全都二條線，一時愣住，不知如何是好。怎麼辦？醫生勢必要說「全關在一起」。先生說，那就是不用關了。我歡呼，太好了，終於可以一家團圓了。

兒子通知媳婦可以下樓了。瞬間，孫女的嬉笑聲，喊叫聲，從樓梯間傳來。才三口，一群囚犯出牢籠般歡欣雷動。我向小孫女伸出雙手，她撲過來，看著我笑，興奮地在我懷裡上下跳動。全家圍坐飯桌，一如往常，卻像同在一艘船上，往風雨中前進。兒子對大孫女說，爸爸終於可以和你們一起睡覺了，好開心啊。大孫女緊緊抱著她爸爸，抱著阿公，又來抱我，然後說，阿嬤，我好想你。你想我多少？她張開雙手，說想我那麼多。我更多。我們對思念的丈量，從張開雙手，到爬上椅子比高度，再到一〇一大樓的比喻，最後，她說她想我想到天空去了。媳婦則順勢說起小孫女也想念阿嬤，每次聽到阿嬤送飯菜到房間的聲音就急急爬到門口。

晚上，弟弟送來清冠一號。隔窗看見他下車，提了一大袋水煎藥放在門口。上車後倒車，車子略略前移又停住。不是說好離開，我再出門拿藥嗎？但見後車窗緩緩打開，露出一頭白髮，原來母親想念大家，一起過來。我說家裡若毒窟，示意關上車窗，離開後視訊以對。

母親那一頭白髮在緩緩上拉的車窗中，猶頻頻回首。

隔簾裡的病床

我蜂窩性組織炎住院第三天，隔壁床病患出院了。才慶幸晚上可安然入睡，免於憋忍家屬徹夜打呼的苦痛，清潔工隨即進來消毒床位，然後，就來了新病患。

她坐在輪椅上，年約七十，瘦弱蒼白，左邊頭蓋骨凹陷，外傭推她來到床前時，和我照臉，我點頭招呼，她兩眼無光，沒有回應。來幫我打針的護理師說她住院四五個月了，她先生嫌四人房來了一名新病患太吵了，才轉進二人房。

外傭擺妥衣物和清潔用品後，推她去復健。回到病房時，從輪椅上抱她上床休息。一會兒，一名肥胖高壯的男人，膚色烤蝦般通紅，推著掛輪子的四腳助行器前來，他的腳像是拖曳著鉛球般，一隻鞋尖掃過地面，踩穩了，換另一隻。他一步一步滑進病房，坐在床尾靠牆的椅子上，喘吁吁的看著蓋上棉被的病患。然後，問起外傭：太太早上吃什麼。

原來是他。那緩慢得跟走路一樣吃力的聲音，聒噪粗厚，從我住院那天起，每天早上從病房外走廊或護理站傳來，而通常在他的聲音之間或之後，有時夾雜著不同的聲音：「阿伯，來陪恁某復健喔。」「阿伯，你今天比較晚喔。」

我也誇起老先生：阿伯，你對恁某真體貼，天天陪她去復健。他笑一笑，談起年輕時，工作腿傷住院，當時妻子是護士，認識後談起戀愛，出院不久就結婚了。「你們一定很恩愛喔。」「無啦，常吵架。」老先生還說，一吵她就跟他冷戰，不過，兩三天就好了。

四年前有一天，老先生走路暈眩跌倒，後腦勺受傷住院，經檢查，是小腦退化。妻子每天從蘇澳騎機車到羅東照顧他，就在他出院前一天，妻子在回家的路上被車撞了，傷及腦部，不會說話，不會走路。復健後，好了七八成。他常帶妻子出國玩，也常開車一起去釣魚，去環島旅行。半年前，妻子小中風，語言中樞及運動神經再次受損，現在換他天天從蘇澳到羅東陪妻子做復健。

驚訝他怎麼開車，他說，雖然走路平衡感差，會跌倒，但是開車沒問題，下車時，把助行器搬下來就好，下雨就打電話叫外傭出來幫他撐傘。我非常感動他對妻子的愛，表示等復健好了，兩人再一起去旅行，他搖頭說，可能沒辦法了。

然後，老先生起身，推著助行器，走向床邊，「刷」一聲，隱身在淡黃色隔簾後。我上床，發現簾子下方的助行器和兩隻腳沿著床緩慢移動，隔簾緩緩把床圍起來了，也把窗下忙滑手機的外傭擋在我視線外。最後助行器停在兩張床之間的簾子內，功夫鞋脫在助行器旁。他爬上床睡覺？移動身子上床的喘息聲和觸碰摩擦聲慢慢安靜下來。「你手怎麼這麼冷？」「來，手放進棉被裡。」「快睡喔。」然後就無聲了。

那是單人床，他那麼胖怎麼睡得下？我忍不住好奇，悄悄起床走到外傭旁，手語示意床這麼小，老先生這麼高這麼胖，怎麼睡？外傭把兩隻食指並在一起，翻過來又翻過去，嘴巴嘟成尖尖的親親狀，我們同時笑了。

我躺回床上，想像他們艱難的睡姿，也想著醫院裡每張病床上都在上演著一個病患的人生。

午睡醒來，正好老先生也起來了，他慢慢移動身子，推著助行器，拉開隔簾，示意外傭把妻子搬到輪椅上。外傭才靠近，直說，好臭好臭，你大便了。「刷」一聲，隔簾又拉上。

柑仔店藥局

藥局就在我娘家巷口外，進門，右側木櫃擺放外用醫療用品，有面速力達母、紗布、ＯＫ繃等，還有幾個撲克牌摺的各種提籃、花瓶。Ｌ型櫃檯正對著門，右側也擺著五六隻大小天鵝。相較其他藥局，這裡黯淡了些，土氣，未見髒汙，卻少了潔淨明亮感，柑仔店般。

藥局名稱猜是藥師的名字，他看起來溫和靜默，行事移步都緩慢，從不穿藥師服，總是趿著一雙厚底拖鞋，老花眼鏡架在鼻頭，看人時，可能為了避開恰好擋住視線的鏡框，得抬高眉眼，但他連抬眉閱人閱物也緩慢，這使得與他年齡相仿的妻子，看起來更像藥師。每回，我遞上健保卡取藥，她往讀卡機一刷，隨即在一盒備好藥的十幾個藥袋裡翻找，喊名字，抽出後重新核對，遞出，有股資深家庭主婦切菜剁肉的俐爽。初始，我質疑她不是藥師，何以公然執行藥師工作，但多年來也已習慣了。有回，我忍不住玩笑問她，工作多半你在做，妳先生有沒有付你薪水？她笑呵呵說：「不用付，他的薪水全歸我。」

就在二個月前，女兒特地提醒我，有一病患發現藥師給錯藥，幸未誤食，要我取藥小心，又說，藥師前幾日到她服務的醫院檢查，確定患上阿茲海默症。聞言驚訝又不捨，終於明白何以妻子總陪在一旁幫忙，給藥前也會再次打開藥袋核對藥單。

不禁想起電影《我想念我自己》那位知名語言學專家愛麗絲，她聰明獨立、對人生充滿熱情，不幸罹患早發性阿茲海默症，演講時意外失語、慢跑時喪失方向感、為家人做菜時忘記菜怎麼做，生活一步一步失序，與自己漸行漸遠，失了靈魂般。又思及自己常常忘記今夕是何夕，常常找眼鏡找鑰匙，又某日早晨搬出血壓計，尿急，先上廁所，回到桌前，順手就把血壓計收進櫃子，轉身隨即察覺，懊惱又搬出。我的海馬體是否也正在萎縮中？阿茲海默先生那促狹的微笑實在叫人恐慌啊。

得知藥師病情之後，每回路過，我就看看招牌，往玻璃門望去，即便歇業，我仍是瞧，兩眼要穿透鐵捲門似的。

上個月領藥時，不知為何，藥師的妻子在盒子裡來回翻找，未果，轉身往背後米黃色木格櫃找，無獲，又轉身，慌慌張張，低頭往櫃檯下找。藥師臉色蠟黃，杵在那，想起什麼似的，慢慢翻動盒子裡的藥袋，仍無獲，再次杵在那，妻子見狀，指揮他去門後藥庫找，沒多久，兩手空空緩步出來。妻子說，重新備藥好了。藥師移步到電腦前，妻子早已敲了鍵盤，他愣在她後面看著螢幕。妻子起身，笑著說，歹勢歹勢，老人家動作慢。眼見藥師已陷迷霧森林，神智顯殘破，妻子緩頰「動作慢」，冷凝旁觀中，我有幾許感傷。

這個月的慢性病處方箋用藥快吃完了，藥袋上的「下次回診」藍色字，提醒我就診。這是上回領藥時，藥師的妻子寫的，每回領藥視其理所當然，如今方覺其週到。

門診後進藥局。貼著牆的那座木櫃移走了，櫃檯上的幾隻天鵝都不見了。疫情期間，牆上張貼的海報及小學生寄給藥師的感謝卡片，全拆了，這使得我更加確信藥局就要歇業了。

眼下頓顯荒涼，一如往常，牆上電視頻道停留在體育台，這次是籃球賽事，藥師兩隻眼睛空茫，臉色比上回更蠟黃了。妻子面容黯沉，新生的白髮未染，油膩塌陷，亮出一長條手指寬的頭皮，我彷彿看到她的「心累」與「心苦」，而藥師是否也如愛麗絲那般恐懼與無奈？給藥後，說他們年紀都大了，月底要退休，並介紹離家最近的一新開藥局日後服務，說完，把醫生開給我的兩張單子放在櫃檯上，指著處方箋，鄭重交代不能遺失，若遺失醫生無法重開，要我等下就把處方箋交給藥局保管，好提早備藥。

藥師是該退休了。許是領藥時，妻子親切，老鄰居般，也常感受到真心的關懷，此刻依依不捨啊。

有段時間，我長期倚賴鎮靜劑才能入眠，每次取藥時，藥師妻子就說她也會失眠，偶爾吃幾次沒關係，但長期服用恐對腦部有傷害，建議我慢慢戒，睡前放鬆心情，多運動常晒太陽，這番建言醫生也說了，但我因她的建議，後來真的把鎮靜劑戒了。還有，醫生開的慢性病處方箋，門診一次可領三個月用藥，我有時忘了去領藥，藥師的妻子就會打電話來提醒。逢連續假期，定會來電，要我提前領藥，免得用藥中斷。

以為她都交代好了，又拿出紅筆，邊說邊圈起另一張藥單內容上的回診掛號日，並在日期左右各畫一個箭頭，左邊的箭頭寫「ｎｏ」，表示要在這日期後回診，不可提前。這我明白，但這般貼心叮嚀，教我感動得頻頻點頭，並致謝多年來的照顧，才要感謝她多次溫馨來電提醒領藥時，眼眶瞬間發熱，只好快快離開。

左腳踝之所見

十幾年前腳踝扭傷，每天二十分鐘藥蒸，視情況再放血、拔罐、藥敷。治療一段時間，效果不彰，並且，扎針放血過的部位不時跟著痛，耐性一點一滴被磨蝕，於是轉往一家每天大排長龍候診的推拿診所。

師傅問我當時如何處理，我說明原委及醫療過程，他竟然批評中醫師和我都頭殼壞了才放血、拔罐，還指著排我後面一名右手骨折的小妹妹說：你看，她骨折才一星期，手部只有三角巾固定，沒有打石膏，現在已經不腫了。

我暫時相信師傅的說法，每天帶本書，耐性排隊接受他的治療。

有一次候診等太久了，和排在前面的一名婦人閒聊，我問她怎麼了。她刻意壓低聲音，把嘴巴湊近我耳朵，說她可能更年期，骨質疏鬆，膝關節退化，加上媳婦坐月子，每天要上下樓好幾次，膝蓋又痠又痛。

婦人黝黑瘦小，滿手老繭，一臉滄桑樣，看來六十幾，卻向我提及更年期膝關節退化，我幾乎要為她可能得到的嚴重婦科病症冒冷汗。趕緊追問她年齡。說是明年六十，那個又來了。你的年齡更年期早就過了，那個不可能再來，如果來了不是更年期，很可能是你生病了，要趕快去看醫生。「有啊，去看過醫生，醫生說我長瘤，要開刀，可是我媳婦要做月子，沒時間啊。」「那個一直來，很煩，應該是更年期……」

這位婦人基本醫學常識如此缺乏，缺乏得令人心急，問她兒女知情否，還沒回答就輪到她就診。師傅一陣揉推之後，在她膝蓋貼上藥布。離去匆匆，只對我靦腆一笑，點頭回以微笑，來不及再次叮嚀她趕快就醫，便坐上診療台了。

她應是趕回去幫媳婦坐月子吧。

將近兩星期的推拿治療，左腳踝依然腫痛，糟的是藥膏色素沉澱，不管怎麼清洗，兩隻腳踝膚色有了明顯色差，我的耐性再度被兩星期沒啥進展的療效磨光了，最後決定找復健科醫生，尋求正統醫療方式。

復健科病患幾乎是上了年紀的歐里桑、歐巴桑，或運動受傷的年輕學生。候診時，依舊帶一本書殺時間。有一次側聽旁人話家常，兩個七、八十歲的老男人彼此稱呼「老兄」，各自高談子女成就，談國外旅遊經驗及感想，愈談興致愈高昂。片刻安靜後，一方問起另一方家住哪裡。然後，雙方說起兒女都在外地工作，也都有家庭，勉勵彼此要照顧好自己的身體，免得被送進安養院。

兩名老男人再度靜默。我一抬頭，前方候診區一名老太太雙腳交叉，悠悠閒閒地剝著四季豆老絲，彷若身處自家廚房那般自在。那一包量，估計七八人份，我揣想，她可能和兒媳孫同住，並且要幫忙煮飯做菜。

門診後就是復健的開始了。

水療室是一個封閉式空間，四座SPA大小水缸，療程十五分鐘。這裡有人看報，有人看書，有人打電動，也有人什麼都不做，把頭埋在扶手上充分休息。

我在水療室遇過學生家長、學校同事，必談的話題不外乎受傷原因、治療經過，還有復健項目。話題結束，再興起話外題，好打破同處一室的僵局。

有一回，四部水療機全部啟動，水的旋流撞擊聲加上馬達的轟隆轟隆聲，說話時得加大音量。那日，一名老太太獨自面牆進行療程，我和一個教會姐妹面對面閒聊，她提及受傷經過及教會弟兄姐妹為她禱告，求神幫助她早日康復等等。一會兒，我的療程結束，馬達停止運作，一陣窸窸窣窣聲逐漸明顯，聽不清楚是什麼，但很明確，音源來自我背後那名老太太。她雙腳浸泡在水裡，面對白磚牆，和誰說話？好奇使然，我穿上鞋伸長脖子偷瞄，她雙手捧著一本大悲咒，專注地念經。

我的復健項目除了水療，還有超音波、電療和循環器。水療在水療室，其餘在電療區，所有項目完成大概將近一小時。一個多月下來，發現病患統稱復建師為「老師」，我也跟著喊。老師幫我復健之外，也教導在家可以冷熱敷交替、每天睡前腳掌彎勾一百次等等，好加速復原。

有一次，星期六早上去復健，進了電療區，好多好多外勞推著坐輪椅的老人進進出出，復健室裡英語、印尼語、越語、國、台語此起彼落，有的輪椅背後還掛了青菜、豆腐和魚丸。如此熱鬧的景象教人好奇，問起復健師，說是這些老人都是早上來復健，他們很喜歡來。喜歡？是啊，算是打發時間，復健一年、兩年以上的都有。

還有一次，復健後遇上好友，聊著聊著，陪她進隔壁神經運動治療區，這區鎮日播放快節奏音樂，有雙槓、傾斜床、走步機、腳踏車等器材，彷彿健身房。朋友臂膀開刀後需天天復健，三個多月了，與老師幾乎成為朋友，這日還幫她帶了一杯咖啡。

就在她皺眉默默與疼痛周旋時，一旁腿部做復健的男子，鬼哭神號唉唉叫不停，老師邊彎他的腿，邊訓話：跟你老婆生孩子比起來，這算什麼，忍著點。

待解剖的青蛙

冰冷的鴨嘴進入體內前，通常醫生會說，忍耐一下喔，有時也會說，你太緊張了，放輕鬆。而我都是這樣鼓勵自己：「很快就結束了……」

理性上認知受檢部位如同眼耳腸胃，是身體的器官，也是生命的出入口，然「看不見」的不安，加上情感上彆扭，難以自在。問過幾名朋友，多數人看待抹片檢查，像是量身高體重般泰然自若。問起不痛嗎？心理不會抗拒嗎？「還好啦，一下子就過了，有什麼好怕。」「醫生天天看，看多了，都麻痺了。」

我的孩子是領養，無生育經驗，她們都上過產檯，甚至剪過會陰，說得一派輕鬆。有一回，我深呼吸，閉眼，嘗試冥想，然而，入侵體內的鴨嘴及刮棒的不適瞬間教人跌回現下。我耐痛力夠強，手指切掉一小塊肉，肋骨斷過兩根，照樣煮飯洗衣，不知為何，只不過在子宮頸刮取些剝落的上皮細胞，如同國中生物課，以冰棒棍刮取口腔兩側皮膜，竟如此惶惶不安。

診療收據一次次提醒「六分鐘護一生」的子宮頸癌抹片篩檢，我經常視而不見，一段時間後，衛生所的電話特攻隊就來關切，好心安排受檢時間，並幫忙掛號。為提高受檢率，社區健檢也有子宮頸抹片巡迴車服務。有一年，我圖方便，就近社區做篩檢，巡迴車不敷使用，檢查安排在樓梯間倉庫。進門，燈光昏暗，前一位大嬸邊整理衣物，邊向護理師抱怨媳婦不煮飯不洗碗，想必聊天模式在內診檯上已啟動。

我爬上內診檯，這才發現光源就在頭上。護理師以手機連絡醫生，然而醫生只有一名，包山包海實在太忙了，等了又等，護理師開始話家常，然我無意，嗯啊以回。我看著近距離的光源及呈八字形的大腿，突然覺得自己像一隻待解剖的青蛙，只想逃。

醫生採檢後，以藥劑處理檢體，與此同時，我在他面前尷尬起身，抽取衛生紙擦拭，然後穿上內褲，整理衣物。不愉快的尷尬中勾起另一次尷尬的回憶。三十幾年前，於某家醫院受檢，護理師不知去哪，醫生示意我進內診室，不意前腳才進，他後腳跟來，我處境困窘，仍是在他面前褪下內褲，爬上內診檯受檢。

讀過一篇人體模特兒的文章「我們可以穿便服現身，也可以給人看裸體，但不能展示更衣。」上下內診檯更衣亦是，那種幽微複雜的情感流動，比張腿躺在內診檯上更難堪。

月前在診所看到ＨＰＶ疫苗注射海報，問起真的有人來施打嗎？很多啊，很多國高中女生都來施打。我無法不思考，子宮頸癌與ＨＰＶ病毒有關，病毒其來有自，傳染途徑為何？經查詢，原來主要是透過性行為感染，我發現新大陸似的，深深以為男人更要去施打ＨＰＶ疫苗，定期六分鐘護女生。

臭皮囊

大腸癌篩檢時，順便做了胃幽門螺旋桿菌抗原檢測，不意是陽性。衛教資訊提及此菌會造成慢性胃炎、消化性潰瘍外，還與胃癌有極大的相關，我只好乖乖配合院方安排照胃鏡，再服藥滅菌。

是日，估計胃鏡檢查後近午，市場菜攤要收了，豬肉也不新鮮了，我早早出門採買晚餐所需，置放冰箱，方前往醫院。

如事前向有經驗者所詢，護理師讓我吞下一小杯胃乳，打一針腸胃鬆弛劑，又在喉嚨噴麻藥，要我在走廊等候。其間，兩名護理師合抱一條二三公尺長的黑色水管，從胃鏡室走出。那管子蛇般不受控，咻地滑進門旁水槽。嘩啦嘩啦聲中，二人抓提清洗，浴畢，按捺一番，再合抱入室。

約莫十分鐘後，有人喚我名字。我告訴自己，不會痛的，切勿自己嚇自己。進胃鏡室，依指示側躺，醫生要我放鬆，說我看起來很緊張。是嗎？咬住咬嘴後，見醫生手握一條黑色長管，原來幾分鐘前在水龍頭下洗浴的傢伙是「管鏡」。它帶著前一個受檢者身體的秘密，一吋一吋伸進我喉嚨，滑入我體內。

至此，並無不適感，果真放鬆了，卻想像起萬一大地震會是什麼光景？

多年前躺上手術檯，害怕不安中，也天馬行空想著大陸板塊劇烈運動時，傷口若還沒縫合，器械掉落一地，醫生躲到牆角去，麻藥就要過了，如何是好……。別笑我胡思亂想，杞人憂天，梁實秋的〈割膽記〉就提及在四川北培割盲腸，開刀房裡一燈如豆，手術進行中突然停電，幸虧窗外助理參觀手術的一位朋友手裡有一隻二呎長的大型手電筒，借來使用。

與我對望的螢幕閃出畫面，一條膚色隧道，岩壁光滑，很長，醫生說那是食道。抵達胃時，一陣翻攪，不痛，但那怪異感倒教我聯想起孫悟空為了借芭蕉扇，鑽進鐵扇公主的肚子裡，踢她的胃，痛得她大叫求饒。

我的胃有一處凸起，螢幕上約拇指大小。「息肉，切片。」怎麼切？若只是切菜般切到手指，也沒什麼大不了，但醫生要怎麼切？不安中，護理師遞來一條比黑管還細的鋼絲。啊，那，做什麼呢？納悶中醫生已把鋼絲穿進黑管。我還沒做好疼痛的預備，黑管已抽出，好里加哉，原來切片不是「切下一片」，乃是吸取組織，這個醫學名詞全然不切實際，不知是誰發明的，著實有改進之必要。

螢幕上突然出現一團腸子，飽滿，濕潤，鮮滑。想起大清早，我站在豬肉舖前要一塊五花肉時，一旁歐巴桑問老闆，腸仔洗過了嗎。沒有，你翻過來洗洗就可以了。我不經意抬頭望了右上方那一團豬腸子，心想，這可以做什麼料理，酸菜豬腸湯？四神小腸湯？

兩團腸子色澤一樣，都水嫩嫩的，也都癱成懶洋洋的模樣，如果一起透過螢幕放映，實在難以分辨哪一團是我的，哪一團宜以麵粉搓揉，洗淨黏液，再輔以各類材料，變成桌上佳餚。

檢查順利，走出胃鏡室，步伐有些沉重，臭皮囊裡好像馱著什麼東西，原來是那團腸子。

癢刑

B肝之故，又到了半年一次的肝臟超音波例行性檢查。

躺上床，醫生在腹部塗了一層涼颼颼黏呼呼的透明凝膠，探頭在腹部游移，螢幕上的波紋流沙般蠕動，像是斷訊的電視。定住。料是搜索到探照目標了。「吸氣，吸，吸飽，很好，閉氣。」探頭即將下壓，我盡全力讓自己沉著，咬嘴脣、指甲掐指腹，想像痛苦悲傷惱怒事來分散注意力。十幾年了，每回都以此法子憋忍。

探頭移到側腹肋邊，這裡是癢穴，忍過去就過關了，可多年來沒有一次成功，這猶如我童年時，大人要癢小孩胳肢窩，鑽搓以先，以其食指撥動下脣，神情狡黠，脣瓣才擦出「ㄇㄨˇㄇㄨˇㄉㄧ」，我已笑個不停，但這種笑是不舒服的，是求饒的，也是屈服的，一點都不好玩。

我依指示側躺：吸氣，吸，吸飽，閉氣，再一次……。手指應已掐出深痕。咬舌，想像肝臟粗糙，兩顆血管瘤變大，讓自己沉浸在不安中，也假想醫生面色凝重，說我肝臟有問題，要進一步做斷層攝影。

沒有用的。

探頭總是把分分秒秒走慢了，我還要憋忍多久，說不定五腑六臟功能就要受損，腦部也會缺氧。這種檢查常讓我想起古代一種酷刑：綁緊犯人，塗蜂蜜於其腳底，教山羊以其舌頭倒刺舔舐，好讓犯人笑死。我半信半疑，心想，貓咪舌頭也有倒刺，舔我手指上的化毛膏也只是沙沙感。

不免好奇「笑刑」果效，某次檢查後返家，我一腳翹上桌，將化毛膏擠在最敏感的足弓部位，喊貓咪來舔。貓咪的舌頭一掃一掃，把化毛膏掃得乾乾淨淨，與手指觸感幾乎無異，是否貓咪舌面積小，倒刺也短，或者，我腳皮太厚？

去農場借隻羊兒來試試？但，我想，羊舌再大，倒刺再粗，都比不上超音波探頭往側腹一按，神經系統迴路瞬間異常，活化了全身癢的神經元。疼痛猶可忍，癢如何忍俊？就這樣，體內一股氣噴發，頓時全身鬆爽，這樣也好，反正都岔出氣了，不用再自我虐待，遮遮掩掩，就光明正大笑吧。

醫生仁心，知患者疾苦，照例又問起和上一回，上上一回，每一回檢查時同樣的話，你驚擽（ngiau）喔？我尷尬點頭，基於禮儀，道歉，說聲不好意思。沒什麼沒什麼，我嘛驚擽。然後，這次多了一句「還有人從床上跳起來呢。」他說這話時，雲淡風輕，像是談日常柴米油鹽一樣。

滅蟻記

蘭陽平原地形像畚箕，一到秋冬，彷彿接收了全台雨水，日連夜，夜連日，日日夜夜雨個不停。連著幾天，廚房地面出現長長的幼蟻隊伍，間夾著幾隻黑黑粗壯的大蟻，像是分組帶隊般，浩浩蕩蕩大遷徙。

原本以為屋外蟻穴犯潮，螞蟻傾巢而出，後來才發現是從門旁一塊磁磚隙縫出現，像湧出地下水般，在抵達流理台牆角時，又突然隱沒，料是出沒處暗藏蟻穴。過往，遇上一兩隻以手指揉捏。多些，抹布擦裹沖洗。如此龐大軍團，只好以酒精噴灑，醉死再收屍。

我朝出入兩端加倍噴灑，企圖水淹蟻穴，但蟻性頑強，不到半天，照樣出沒。連著幾日，一天至少噴灑酒精四五次，擦拭後，清洗抹布，蟻屍多得卡在抹布纖維裡，有種除之而快的勝利感。有時，螞蟻隊伍散亂，我得踮起腳尖跳著走，只好搬出吸塵器，集塵袋裡自生自滅吧。

酒精終究只能醉死眼前雄兵，而孔縫裡還有迷宮般的巢穴。擔憂環境汙染，加上家裡有幼兒，有貓咪，早就棄用殺蟲劑及蟻膏。尋了兩家超市，決定改用號稱天然無毒的樟腦油。

家人都上樓睡覺了，蟻群再度現身，樟腦才幾個噴噴，效果奇佳，但味道嗆鼻也油膩，擦拭費工。翌日清晨，地面乾淨，但，不到一天的光景，又是一批敢死隊，沿著原來路線行進。我雖看不到其面目，卻深感其好戰，鬥性之猙獰，恨不得燒一壺熱水澆灌。

看來樟腦油只治標不治本，我又到超市找到一款「速必效」，號稱專業滅蟻，兩種凝膠食餌和天然菊精，套裝三合一。

一個人在樓下，難得清靜閒適，本可以看幾頁書或寫寫字，但連日來，無法定心，時不時檢查廚房，睡前再檢查一次，彷彿不先除掉這些惱人的小混混，他們就會爬進我被窩，教我無法安心入睡。

我又起身，離開書房，伸伸懶腰，往廚房行去。

什麼？螞蟻從原來行進路線又放射出兩列兵團，四丸黑壓壓的什麼鬼東西，緩緩移動中，抬轎般。我拆開「速必效」，打算先用菊精全軍噴滅再說。

仔細一看，那四座「大轎」是貓咪的飼料，飼料前前後後都連著隊伍，像是護航。顯然兩列兵團負責搬運對面貓飼料盆裡的剩餐，而牆角那列蟻軍，來來往往交頭接耳，猜是釋出費洛蒙，傳遞已找到食物了，務必警戒，小心防禦，敵人就在眼前。

這些螞蟻怎麼看待眼前這敵人？費洛蒙是否可以傳遞思想的波紋，我是他們的五指山？還是妖怪巨人？平常見他們搬運餅乾碎屑，隨即攔截抄殺，此刻卻憐憫起那麼腥的貓飼料都要搬，是否斷糧，飢不擇食？

我放下手中的菊精，仔細觀看一場逃難潮，想像自己也是其中一員。

客廳咕咕鐘整點音樂傳來廚房，我身心俱疲，早該上床了。想起一朋友說，有長年薰習佛法者，對著飛進屋內的大蚊子說「阿彌陀佛」，蚊子竟乖乖地飛到指尖上，讓他請出門。我相信。世間眾生皆有情，不然，螞蟻怎會在我撲殺他們時驚慌逃竄，怎會在我用抹布擦拭蟻屍時，遭殘存者啃咬，想必是傾畢生力氣報復洩恨。我在螞蟻身上看到人類意識。

我於是蹲下來，低頭對蟻群說：很抱歉，你們造成我很大的困擾，請不要來我家，天地何其大，快快離開，另尋其他巢穴吧。我等著奇蹟發生，然而，不知是否不同信仰，沒有加上佛號，難以引起共鳴，或者我沒有慧根，小生靈難以意會，接收不到訊息。

屋外扶桑、野牽牛、木芙蓉常見一群黑蟻花蕊間攢動，像蜜蜂般採蜜，蟻巢就藏在濃密的樹葉裡，碗公那麼大，我不靠近也不剪除，只要不闖進屋裡，彼此和平共處。但，我真的真的無法忍受屋子裡有蚊蟲螞蟻。

隊伍愈來愈壯大，漸漸地，發散成鬨轟趴的大陣仗，準備把我抬走似的，終究顧不得什麼人類自大，什麼動物的情感與意識，大拇指壓下菊精噴頭，一層水霧瞬間讓這場轟趴安靜下來。我起身拿抹布擦拭揉洗，蟻屍密匝匝浮在臉盆上，有的還在掙扎，漸漸地就不動了。

躺在床上，已無睡意，風雨聲中想起電影鐵達尼號撞上冰山，船沉，海上大片浮屍飄移……。

打蟑螂

超市購物，正前往結帳時，飲料貨架下冒出一隻蟑螂。停住，晃著觸鬚。不知是在聽音、辨位，或探測什麼。關於蟑螂觸鬚之說，我真的驗證過。初始書上獲知，半信半疑，某晚，廚房流理台出現一隻蟑螂，好奇心驅使，徒手抓住，握空拳套牢，拔掉兩根長鬚後，放回原處，這傢伙果真頓時一動也不動，撥弄其身，往前一兩步又遲疑，似乎完全不知所措。

蟑螂往右幾步又停住，觸鬚向外擺動，是在導航嗎？非熱門消費時段，超市內購物者寥寥。我好意請收銀員趕快處理，免得顧客看見，錄影上傳有損商譽。她急急告訴另一線收銀員。「會不會是昨天那隻？快。」兩個人跑去販酒櫃台後方，一人拿出一隻塑膠掃把，卻是杵在那，不知在猶豫什麼，想必昨日窮盡腦力及洪荒之力與蟑螂奮戰，豈不知牠跑起來根本是日本忍者？我實在看不下去，忍不住一腳踩死。

死了。兩人同時鬆了一口氣，並頻頻致謝。

不由得想起幾年前，羅東表姐談起媳婦，說每次住台北的兒子南部出差，媳婦就跟著去，實在愛撒嬌。有一天，她委婉告訴媳婦說大樓很安全，不用怕，之後才知，原來媳婦不是撒嬌，乃是害怕一個人在家，萬一蟑螂出沒不知如何是好。我說，準備一支蒼蠅拍吧，絕對比拖鞋或掃把好用，「啪」一次致命，若覺得事後清洗及消毒費事，那就改用電蚊拍，或者養隻貓代為出征。我家阿咪容不得與蟑螂共處一室，一旦撞著，專注凝視，低頭，抬臀，伸出爪子，伺機前衝，快、狠、準，踩住，蹂躪到奄奄一息方罷休，精彩極了。

我與阿咪一樣，眼前容不得一隻蟑螂。幾個晚上，開燈進廚房煮開水，垃圾桶旁或流理台上，蟑螂驚慌竄逃，隨即停住。根據經驗法則，我若保持安靜，不輕易動作，牠不一定會察覺危險已逼近。於是，我若無其事，靜待其鬆懈，再把阿咪抱來對付。然而，有時在等待熱水壺按鍵跳起時，凝視那猥瑣的傢伙，竟覺得牠也是可憐，白天躲藏，半夜才出來覓食，而垃圾桶加蓋，裡頭的骨頭蔬果殘渣也以塑膠袋綁緊，要找到食物不容易，想著想著，不知不覺便手下留情。

不知為何，此般婦人之仁總在夜深人靜時悄悄生起。還有一回，凌晨，因枕邊人鼾聲如雷，不得不下樓躺上客廳沙發。臥躺不適翻來覆去，沮喪中，茶几下爬出一隻蟑螂，靜止，不停地擺動觸鬚。我倆對望，伊，似欲言語，有若同情安慰一個可憐的失眠者，當下無一絲一毫骯髒厭惡感，更無終結其生命之意圖。

不過，對待蟑螂的情感漫過理智，都只是特別的時刻，平常日子，我無法不以各種方式送牠們上西天。有一回進浴室，不知打哪來的蟑螂，四川話「偷油婆」這稱號不夠還來偷窺。我拿蓮蓬頭轉到最燙熱水對付，牠跑跑跑，不免想著，換是我，大概二級灼傷了。覺知殘虐，依然以水柱把牠逼到牆角。年輕時曾認為宇宙間存在著許多龐大的無形神體，祂們要山崩就山崩，要海嘯就海嘯，一根手指頭一口氣許是在我背後，輕易操控我的生死。蟑螂視我，是否一如那龐大形體，支配其命運。氤氳熱氣下，牠持續掙扎，而我祖裼裸裎已起寒顫。直接拎起，抽幾張衛生紙包起來，丟進垃圾桶，算是結束自我心性衝突之戰。

夜貓子之故，家裡的蟑螂幾乎都是我在消滅，某日與媳婦談及蟑螂種種之惡，突然想起先生說過，小時候他發燒，婆婆都抓蟑螂，以其腸子來刷他牙齦，頗具藥效呢。我相信這噁心的記憶屬實，好奇查詢，得知神農本草經曰：「蜚廉（蠊），味鹹寒治血瘀症寒熱，破積聚，喉咽閉，內寒無子。」儘管其他醫學新知中亦有高度藥用價值之說，終究無法改變我對牠們的嫌惡之感，追殺之衝動。

蟑螂有知，天地之大，不要來我家肥其身，以種其子孫就好。

打蚊子

今夏蚊子狡黠許多，拍動翅膀多數不出聲，待察覺被叮咬，往往來不及拍打。即便拍死牠，皮膚已隆起一個腫包。於我，疼痛可以輕忽，癢，教人坐立難安，單以萬金油、曼秀雷敦等塗抹，僅是表皮涼涼的，難以舒緩，我通常以指甲在腫包處再壓出十字深痕，或者米字痕，然後沾鹽巴用力搓，這時才發揮鎮癢療效。有一次，和藥師聊及此，勸說此舉不當，萬一破皮細菌感染，易引發蜂窩性組織炎，建議擦抗組織胺，止癢效果不錯。

說到止癢，我想起阿母在晨運時結識的老友，她送數小盒自製紫雲膏，說消腫止癢效果佳。我對那偏方質疑，加上膏藥的當歸麻油味道極濃，不喜身上有任何氣味，棄置一角，都忘了它的存在，然而母親每每說得像神藥般，老問我用了沒，我總支支吾吾。好吧，先拿孫女來試，額頭撞出腫包，身體蚊子叮咬，一塗見效，果不虛言，連幼兒園老師都稱奇。

小孩細皮嫩肉，蚊子識貨，而我，不知是酸性體質，加上體溫稍高之故，或蚊子本對我的肉質情有獨鍾，其口器簡直是一把西洋劍，有時隔著衣服，照樣刺穿。掌臉，打手，拍腿，啪啪啪，見蚊屍，炫耀一番，若逃逸，悻悻然。某日上網，螢幕跳出日本一臉書粉絲專業「滅蚊奇招」篇，根據實驗研究，雙手「左右夾攻」拍擊，此舉蚊子易逃。原來蚊子的飛行習性採「上下移動」，「上下拍擊」的手勢滅蚊，能大幅提高滅蚊命中率。欣喜試了又試，戰績不佳。我想，只要眼明手快，上下拍左右拍，差別不大吧。一文友向來施苦肉計，說是讓牠停七秒，吃飽飛不動了，每打必中。還有一長年薰習佛法友人，對著飛進屋內的蚊子說「阿彌陀佛」，蚊子竟乖乖地飛到指尖上，讓他請出門。我沒有菩提心，不但不願布施，還生嗔恨心。

昔日，鄰居一男孩，與我年紀相仿，國小二年級時因日本腦炎過世，悠忽半世紀，他母親在旁聽白色圍幕外跪地哭嚎的影像，映現如昨。蚊子傳播的疾病令人害怕，即便叮了只是腿上幾顆紅豆冰，但那個衛生習慣差的年代，發癢抓破皮，不多時就潰爛化膿。童年時，常見母親深夜扯亮天花板懸吊的大燈泡，輕輕移動幾個歪斜趴伏的身軀，理好交疊的腳脛，然後以雙氧水一一消毒瘡口，最後，踮起腳尖，勉力伸手將一塊塊黑藥膏在燈泡上輪流熨貼溫熱，待膏軟，撕開紙膜，貼上。爛瘡在母親的手裡一顆顆結痂，新瘡一顆顆又起。

只要是蚊，管他三斑家蚊、環紋家蚊或白頭家蚊，都教人難以容忍，只想讓牠斃命，最好從地球上絕跡。最恨的是，將睡未睡，頭上盤旋，嗡鳴擾人清夢。聞其聲，黑暗中雙手拍擊，落空，似在前額在鼻尖在臉頰在耳邊，甩掌，每每未果，坐起開燈，暫時安靜了，牆壁亦未見蚊影，一抬眼，以邪惡之姿掛在天花板，無奈關燈，不旋踵，又來了，聲音忽遠忽近，幾次後，身心俱疲，投降，蒙被子睡覺。

家裡陸續買了三支電蚊拍，使用一段時間，不是電路毀損就是電池漏液，沒信心再買了。至於點蚊香，無疑是抽二手菸，早已不用，倒是想起國一讀沈復〈兒時記趣〉一文「又留蚊於素帳中，徐噴以煙，使之沖煙飛鳴，作青雲白鶴觀」。只是沈復當年點的不是鱷魚蚊香，他將蚊擬鶴，我則拿來哄騙孫女面對打針的恐懼：乖，不用怕，大人生病打蜜蜂針，小孩打蚊子針，護理師阿姨會準備蚊子針，癢一下而已。

某日逛超市，角落矮架上有電蚊香、除蟲芳香劑、捕蚊燈、充電式電蚊拍等等，家有二孫，多方顧慮，仍選擇電蚊拍。電擊時，啪，久違的一聲脆響，聽起來格外過癮。有一回正要出門，一蚊子不知死活，眼前悠哉晃蕩，為得那啪啪聲，耽誤了些時間亦快哉。也曾見蚊子停駐牆壁，大可一掌拍打，好好欣賞那一抹蚊子血，然我將蚊拍輕輕靠在牆上，啪，聲音療癒，蚊屍落地，復仇般爽快。

電蚊拍實在好用，飛行之蚊，即便行蹤忽隱，持拍左右來回或上下揮動，遲早得一啪聲，若偶得微焦味，更教人愉悅。如今，為免上廁所時，蚊子來襲，不便撲殺，眼睜睜任其逃逸，不論有蚊無蚊，先持蚊拍揮動淨屋，驅魔灑聖水般，旮旯亦不疏忽，如此通常可得啪啪五六聲。

日前開車途中，廣播主持人吳淡如談起蚊子：遠在中南美洲的尼加拉瓜出現驚天一幕，遠看像是龍捲風，近看卻是成千上萬的蚊子……。聽聞至此，疙瘩掉一車上。童年時，鄉間水蚊多，成群結隊撲面而來，稍不小心還會飛進眼睛，吃進嘴巴，我們常以面盆抹肥皂揮捕，不一會兒，裡面就黏附了密密麻麻的黑點。不知當地居民如何對那陣「龍捲風」，我腦海裡倒是出現進化版面盆，一部直升機，緩緩垂降一張電網，張開後圈住蚊陣，來回甩動，……

但是，有一種蚊子，悠哉閒適慢飛，有時一隻，有時兩隻三隻，忽而不見，旋又出現，狀似挑釁，那是飛蚊症。儘管吃葉黃素，少看三C產品，多年來還是無法消滅，只能和平共處。懊惱的是，我曾在拍打蚊子時，飛蚊來攪局，該打的不打，打了不該打的。

【後記】
刺點

喜愛拍照的朋友在按下快門之前，定是被某個畫面吸引，這畫面不單是美景，很可能是一個深深觸動內心的，或詼諧或衝突或感懷的元素，羅蘭·巴特稱之為刺點。

多年前颱風天，我開車出門，來到十字路口，豪雨狂飛中，擋風玻璃外水流不斷，紅黃綠三燈同時亮起，難得一見的畫面，卻也十分衝突，我該前行嗎？彷彿來到人生的十字路口，這個「刺點」瞬間召喚起生命中面臨的「To be, or not to be.」困局，於是抽絲剝繭，書寫心情，小品一篇。

個人書寫往往因生活中的「刺點」而起，那會讓我想起某個年代或某件事，然後，鍵盤一敲，拉出毛線球的線頭似地，輔以情感思想為經緯，逐漸擴展，織就幾段文字後，大約可知，宜以小品呈現，或四、五千字散文為宜。第十八屆林榮三小品文獎得獎作品

〈幫母親洗澡〉便是幾次與母親在浴室互動過程中，過去時光一幕幕映現，情緒高漲飽滿，回到電腦螢幕前，像是備齊一堆待煮食的材料，只需開火，依序放進炒菜鍋，加鹽提味，一道菜就完成了。

如此看來，彷若題材有了，書寫盡都順利。不，不是的，吾人資質平庸，構思裁剪、字斟句酌，枯坐電腦前，改來改去是常有的事。若無所獲，起身想想廚房缺什麼，去超市購物，或外出散步，或玩玩貓。不待回到電腦前，許是多巴胺補足了，往往拾得一二。

寫作向來隨心，是否該走出既有的生活經驗，嘗試主題性書寫，讓寫作呈現另一種樣貌，日後再說吧。唯易感，喜愛觀察，常常那根「刺」瞬間刺中了，於是日常小物，蟑螂、蚊子、花、樹等等題材都來敲門了，不理不睬就可惜了。

世居宜蘭，家鄉環山面海，地形像畚箕，腳下所踩的土地，如伏流、湧泉，題材源源不斷，比如一座菜園可以呈現出〈一朵蓮花〉〈阿舅の菜園〉〈菜園裡的早餐〉三種樣貌。這裡的地景、生活物事值得我一寫再寫，誠如福克納說他寫那像郵票那麼大的家鄉，只怕一輩子也寫不完，《摩天輪時光》就是這般以自己的精神面貌，媚己悅己之下的產出。

六年前升格當婆婆和阿嬤之後，腦袋瓜經常是等下煮什麼？蛋白質夠不夠？柴米油鹽雜瑣成了凡常，寫作靈光漸漸成了廚房油光。生活空間改變了，時間板塊大挪移，加上母親年事已高，有了更多的陪伴，時間被切得零碎，一段時間沒讀書寫字，心空空，手鬆，一提筆，筆也澀了，會焦慮不安啊，真像是求學時期，考試到了，書沒讀完，怕考試考差了的心情。

偶也幻想擁有一個完全獨立的生活空間，暫時背離人間煙火，「興到寫一些字，閒來讀幾本書。」然而，當九十老母拉著菜籃車從市場回來，當大孫女在客廳嗨跳〈星期五晚上〉十六蹲，當與媳婦閒聊時，不知不覺各自說起自己丈夫的壞話，凡此種種，雖是諸般日常，然名為女兒、阿嬤及婆婆的我，心頭就搖顫出滿足與快樂，並且，以此來支撐我不讀不寫時的惶惶心情。於是，我在焦慮中幻想，在幻想中看見人生有更值得珍惜的美好，在美好中選擇暫停自己所好。

就這樣，我在另一種井然有序的生活中循環出本文集，距上一本《踢銅罐仔的人》，時隔近四年。

本文集多篇發表於自由副刊及聯合副刊，感謝二大報的副刊主編及編輯群，特別感謝聯副前主編宇文正老師不吝賜予本書推薦語，那是莫大的鼓勵與祝福啊。感謝聯合文學昭翡總編的厚愛，近九萬字的文稿得以有個落腳之處。請黛嫚老師幫忙寫序時，她一口就答應，後來才知老師已擔任六場論文的口試委員，百忙之中還願意幫忙，頓時覺得被疼愛，好幸福，無限感激。

最要感謝的是阿盛師寫作之路的提點，還有處事，為人。

國家圖書館出版品預行編目資料

摩天輪時光 / 黃春美著 . -- 初版 . -- 臺北市 :
聯合文學出版社股份有限公司 , 2025.02
248 面 ; 14.8×21 公分 . --（聯合文叢 : 766）
ISBN 978-986-323-662-7（平裝）

863.55 114000770

聯合文叢 766

摩天輪時光

作　　者／黃春美
發 行 人／張寶琴

總 編 輯／周昭翡
主　　編／蕭仁豪
資深編輯／林劭璜
編　　輯／劉倍佐
資深美編／戴榮芝
業務部總經理／李文吉
發行助理／詹益炫
財 務 部／趙玉瑩　韋秀英
人事行政組／李懷瑩
版權管理／蕭仁豪

法律顧問／理律法律事務所
陳長文律師、蔣大中律師

出 版 者／聯合文學出版社股份有限公司
地　　址／(110)臺北市基隆路一段 178 號 10 樓
電　　話／(02)27666759 轉 5107
傳　　真／(02)27567914
郵撥帳號／ 17623526 聯合文學出版社股份有限公司
登 記 證／行政院新聞局局版臺業字第 6109 號
網　　址／http://unitas.udngroup.com.tw
E-mail:unitas@udngroup.com.tw

印 刷 廠／沐春行銷創意有限公司
總 經 銷／聯合發行股份有限公司
地　　址／(231)新北市新店區寶橋路235巷6弄6號2樓
電　　話／(02)29178022

出版日期／ 2025 年 2 月　初版
定　　價／ 380 元

ISBN 978-986-323-662-7（平裝）